Einfach nur DAS

Rameshwara Ronny Hiess

Einfach nur DAS

Leben im natürlichen Zustand

Synergia

Unendlichen Dank an dich Brigitte, für die Zusammenarbeit, in dem Er-kennen und Wissen, das es nicht unser Werk ist.

Danke dass du bist.

1. Auflage, 2010
Veröffentlicht im Synergia Verlag, Erbacher Straße 107,
64287 Darmstadt, www.synergia-verlag.de
Alle Rechte vorbehalten
Copyright 2010 by Synergia Verlag, Darmstadt

Umschlaggestaltung, Gestaltung und Satz: FontFront.com, Darmstadt
Printed in Germany
ISBN-13: 978-3-940392-86-2

Bibliografische Information der Deutschen Bibliothek
Die Deutsche Bibliothek verzeichnet diese Publikation in der deutschen Nationalbibliographie; detaillierte bibliografische Daten sind im Internet unter http://dnb.ddb.de abrufbar.

Meinem Guru – dem einen Selbst

Für jeden Sucher und jeden berührbaren, aufrichtigen Menschen
von ganzem Herzen

Dank	11
Vorwort: Das Beharren auf der Wahrheit	12
Einführende Worte	18
Eine Geschichte	20

1 Tantra – lebendiges, non-duales Wissen

Tantra – Ursprung und Essenz	34
Eine einfache Praxis	36
Wegloser Weg	37
Die Reise des Lebens	37
Erblühen	38
Die ureigene Bewegung sein	39
Dem Ruf des Herzens folgen	40
Der Weg ist das Ziel	41
Du bist das, was sieht	42
In allem das Göttliche umarmen	43
Der tantrische Witz	45
Gelebte Praxis	49

2 Liebe ist ...

Liebe ist ... dass du bist ...	52
Die unerträgliche Schönheit der Liebe	55
Berührbarkeit	56
Form ist Leere, Leere ist Form	57
Göttliche Intimität	58
Total intim in der sexuellen Berührung mit dem, was ist	65
Mitgefühl	66
Über die Liebe	67
Die wichtigste Liebesbeziehung	69

3 Alles, was ist, ist Bewusstsein

Die ultimative Medizin	72
Akzeptanz	73
Der Schlüssel	74
Wer bin ich?	82
Selbsterkenntnis	83
Der größte Traum ist, dass es einen Träumer gibt	85
Ego-Crash	89

Was nicht ist, muss nicht zerstört werden	90
Freiheit	91
Licht und Schatten	92
Am Anfang	94
Nein, das ist es nicht!	98
Der natürliche Zustand	99
Kristallisation des Seins	101

4 Sein, was die Stille ist

Sei still	104
Wie komme ich ins „Sein"?	104
Totale Anwesenheit	107
Nisarga Yoga	108
Ich Bin DAS	109
Ich lade dich ein in den Film	112
Wer ist Ich?	114
Samadhi	114
Den Meditierenden ins Herz fallen lassen	115
Sei, was du bist	116
Du bist willkommen, so, wie du bist	116

5 Hingabe

Die Einladung, Hier zu bleiben	120
Alles feine Konzepte	124
DAS braucht nicht dein ok	125
Nicht-Wissen	126
Ein Geschenk von Bedingungslosigkeit	128
Akzeptanz oder das Lassen der Dinge	129
Gottes Wille ist Das hier	133
Kümmere dich um das, was dir am Herzen liegt	135
Meditation – mit dem sein, was ist	136
Es ist niemals nicht der »richtige Weg«	137
Selbstgenuss	138
Die Hingabe und die Leidenschaft zu leben	140
Der natürliche Yoga	140

6 Der Schmerz des Erwachens

Sehnsuchtsflamme	146
Leid	147
Gebet	148
Hingabe	148
Geschmeidig wie ein Tiger	149
Schmerz	151
Dunkle Nacht	152
Ausweglosigkeit	155
Du kannst dir nicht entrinnen	156
Heilung	156
Die Schönheit des Scheiterns	157
DAS ist für Dich	157
LEBEN ist Bewegung, Veränderung	158
Unbedingte Leichtigkeit	158

7 Das Ende der Suche

Kein Weg, kein Ziel, einfach nur DAS	160
Bitte um Gnadenschuss	161
Ernüchterung	163
Es ist absolut frei – du bist DAS	164
Da ist einfach nur Leben	169
Das Leben ist das größte Wunder	170
KEIN-WORT	171
Erleuchtung	171
Erleuchtung ist das Einzige, was ist	171
Der letzte Halt	172
Die Quelle	173
Seltene Jade schleift man nicht	174
Einfach sitzen	176
Das Ende der Suche	176
Lass es sich leben!	177
Über den Autor	180
Glossar	181
Quellenangaben	183

Dank

Am Anfang dieses Buches möchte ich mich bedanken, dass die Suche nach meiner *wahren Natur*, nach dem, was Freiheit ist, ihr Ende gefunden hat.

Ich war auf der Suche nach Erleuchtung, letztlich nach Freiheit, Frieden, Liebe, Glück. Auf dieser Suche habe ich den Weg, den, der ihn ging, und die Erleuchtung verloren. Im Verlieren all dessen, was mir wertvoll erschien, und all der großartigen Vorstellungen hat sich etwas viel Größeres offenbart. Etwas, das nicht in Worte zu fassen ist, und doch ist es ein unbeschreiblicher Genuss, darüber zu sprechen, darin einzutauchen und in allem *dies* zu sein, was nicht gegeben ist.

Ich möchte und kann mich nicht bei einzelnen Menschen bedanken, denn sonst wäre die Liste zu lang oder zu kurz. Zudem ist es nie ein Einzelner, es ist immer das Ganze.

Ich danke jeder Begegnung, in der wirkliche Berührung stattfand, und jedem Moment, der mich im Nicht-Wissen still sein lässt und mich Demut und Dankbarkeit lehrt. Dank und Hingabe dem „Innersten Guru", der sich immer wieder in allem offenbart, und die Liebe und die grundlose Schönheit des Moments sichtbar macht.

Danke, dass DAS ist.

Ronny

Vorwort: Das Beharren auf der Wahrheit

»Die Wahrheit ist dem Menschen zumutbar«, so hat die Dichterin Ingeborg Bachmann einmal eine Dankesrede überschrieben. Meinen Dank an Ronny für das Vorlegen dieser Texte könnte ich weiterführend überschreiben: Das Beharren auf der Wahrheit ist dem Menschen zumutbar. Ja, mehr noch, es ist auch das einzige, das ihm wirklich zuträglich ist, weil es das einzige ist, das ihn tatsächlich spiegelt und ihm vollendet entspricht. Dass wir uns als Erscheinungsform Mensch in unterschiedlichen Prozessen ver-suchen und be-finden und an verschiedenen Punkten „aufhalten" und bewegen, wird oft zum Anlass und als Begründung genommen, die reine Wahrheit abzuschwächen, einzumischen und zu verpacken. Diese Beschränkung und Reduzierung damit zu legitimieren, den Menschen dort zu erreichen und abzuholen, wo er gerade steht, ist unsinnig und zeigt, dass man nicht weiß, was Wahrheit wirklich bedeutet und ist. Es ist gänzlich unerheblich, ob ich mich gerade mit einem vereinzelten Tropfen oder mit einer sprudelnden Quelle identifiziere, mich für einen brackigen Tümpel oder für den unendlichen Ozean halte. Wo und was ich auch zu sein glaube, die Botschaft, „Ich bin Wasser" und „Da ist nichts als Wasser" ist die gleiche Erinnerung an meine immer gleiche Natur, an mein stets gleiches Wesen, und sie wird mich dort berühren und sich einschwingen, wo sie lebendig, ewig und unverbrüchlich ist: mitten in mir und als das, was ich bin. Es gibt keinen Grund, dieses Wasser zu trüben noch seiner vorgeblichen Trübung wie notwendigen Reinigung das Wort zu reden. Auf der Wahrheit zu beharren, das heißt, die eine und alleinige Ursache immer wieder beim Namen zu nennen, statt scheinbare Heilungen scheinbarer Symptome auszurufen und anzupreisen. Wer einfach bei der Wahrheit bleibt, braucht weder eine Realität zu behaupten noch eine andere zu diskriminieren. Sein zärtliches Mitgefühl wird mit derselben Zuwendung über jede nur erdenkliche Realität streicheln, mit der seine brennende Klarheit die gleiche Realität hinfort fegen wird, wenn sich diese als Wahrheit gebärdet oder zu verkaufen sucht.

Satsang ist Anspruch und Verpflichtung, bei der Wahrheit zu bleiben, nicht nur von und über Wahrheit zu sprechen, sondern aus und als

Wahrheit. Die Wahrheit in mir ist die gleiche wie die Wahrheit in dir, ich bin die Wahrheit, die du bist, du bist die Wahrheit, die ich bin. Die Aufrichtigkeit und Entschiedenheit meiner Wahrheit gegenüber wird auch die Aufrichtigkeit und Entschiedenheit deiner Wahrheit gegenüber sein. Wenn ich dich vor der Wahrheit „schützen" will, dann deshalb, weil ich mich selbst vor ihr schützen möchte, wenn ich dir die Wahrheit nicht zumuten möchte, dann deshalb, weil ich sie mir selbst nicht zumuten will. Ein Mensch, der die Einladung eines Satsangs – und das in allen Lebens-Situationen – aufrecht erhält, verzichtet auf den Aufbau einer dieser Schutzwälle, mit denen wir uns gewohnheitsmäßig umgeben, und er vertraut darauf, dass das, was ist, auch zumutbar ist, sowohl für uns wie für ihn selbst. So wird der unermessliche, immer da-seiende Raum offenbar, dieser Raum, der wir selber sind, und ebenso, dass wir als ein in diesem Raum erscheinender Mensch mit all unseren Ideen und Vorstellungen, Problemen und Geschichten gänzlich nackt und verletzlich, tragisch und komisch, vergänglich und flüchtig, vollkommen und voll der Wunder sind. Und auf einmal dürfen wir all das auch sein, weil nichts davon nicht die Wahrheit ist, sondern eben EIN lebendiger Ausdruck eben dieser EINEN Wahrheit. Das fest gewebte Netz all unserer Bedingungen und Vorstellungen vermag uns nicht mehr zu halten, kann uns weder auf- noch davon abhalten, die volle Wahrheit dahinter und darin zu sehen. Es ist einfach da, und es ist das, was es ist, und wir sind es selbst, vollkommen und uneingeschränkt. Es gibt keine Gegensätze mehr, weil es nie einen Gegensatz gegeben hat, es gibt nichts, das ein anderes ausschließt, weil da kein Etwas ist, das in einem anderen Etwas ein- oder aus diesem ausgeschlossen sein könnte. Gestatten wir uns, unser kunstvolles Konstrukt darüber, was Wahrheit ist, zusammenbrechen zu lassen oder es gar nicht erst aufzubauen, dann liegt die Wahrheit einfach bloß und nackt vor uns und in uns; als das, was ist, und als der, der wahrnimmt, in ihrer ganzen banalen und unspektakulären Selbstverständlichkeit wie in ihrer fantastischen und still-ekstatischen Unergründlichkeit.

Natürlich, es „menschelt" auch in Satsang-Kreisen, und nicht jeder, der Wahrheit vorgibt oder Satsangs gibt, hat Wahrheit wirklich vollkommen erfahren oder ist ihr mit ganzem Herzen verfallen. Das Spiel vorgeblicher

Gegensätze und des Gegeneinander-Ausspielens wird auch hier vortrefflich gespielt, vermeintliche Erkenntnis wird benutzt, um tatsächliche Erfahrung zu vermeiden, eine einmalige Erfahrung wird verwendet, um nicht wirklich erkennen zu müssen; und es ist eine allseits beliebte Übung, mit dem Verweis auf – ich hab's ja schon! – das ICH BIN DAS jene unmittelbaren Impulse zu ignorieren und zu diskreditieren, die mich auffordern, mein Leben wirklich „auszurichten" und mich diesem DAS mit meinem ICH BIN vollkommen zur Verfügung zu stellen. Ich habe mich lange gefragt, warum das so ist, warum das Schauen der gleichen Wahrheit so viele unterschiedliche Methoden und Möglichkeiten zutage fördert, mit dieser Wahrheit umzugehen und eben auch, sie wieder und erneut zu umgehen. Ich habe keine wirkliche Antwort gefunden, es ist, wie so vieles, ein Mysterium, und wie immer liegt seine schlichte Wahrheit einfach darin, dass es so ist, und die Essenz meines Erkennens eben darin, dass ich es „so" annehme. Ich stelle mir eine Art Schalter vor, so etwas wie den Haupt-Entscheidungs-Schalter in uns Menschen, und warum er so oder so gelegt ist oder irgendwann gelegt wird, das eben ist das unerfindliche Mysterium, aber er bestimmt, wie unersättlich mein Hunger nach Wahrheit, wie ausgeprägt meine Unfähigkeit zur Unwahrheit ist. Es gibt Menschen, und sie begreifen irgendwann, dass sie darin keine Wahl haben, die immer weiter gehen müssen – auch dort, wo andere und auch sie selbst vermeinen, nicht mehr weiter gehen zu können oder zu brauchen; sie werden nicht gefragt, sie werden einfach „gegangen". Ihr Hunger nach Wahrheit ist durch kein noch so vollkommenes und vollmundiges Surrogat zu stillen, ihre Sehnsucht nach dem Ganzen lässt sich auf Dauer durch keinen noch so umfassenden Anteil befriedigen. Und selbst, wenn es ihnen gegeben ist, „anzukommen", ist es für sie erst das eigentliche Beginnen, eben genau von da und eben genau deswegen müssen sie weiter und immer noch weiter gehen – was ein geschickt sich wieder ins Spiel bringender Verstand jedem anderen erfolgreich als „Widerspruch" verkaufen und ihn davon abhalten könnte.

Kein Zweifel, Ronny ist einer jener Menschen, deren innere Gewissheit um den „wirklichen Raum" so tief ist, dass sie nicht eher „daheim" sein können, bis sich dieser Raum ihnen wieder in ganzer Fülle offenbart hat und sich ihnen (immer mehr) entschließt. Das macht ihn nicht zu einem besonderen Menschen, aber es zeichnet ihn aus – und ebenso das, was er damit tut und dadurch vermittelt. Wir können darin die Entschiedenheit spüren, die Unnachgiebigkeit, die Leidenschaft, die Zärtlichkeit. Die Unmittelbarkeit der Wahrheit, das Auf-ihr-Beharren, ihr Erkennen wie ihr Anerkennen in allem. Den Mut wie den Zweifel, die Unsicherheit wie die Gewissheit, darin bis zu Ende zu gehen und jeweils vom gerade entdeckten oder sich eben entdeckenden Ende aus zu agieren und zu sprechen. Diese besondere Qualität ist wahrnehmbar, in den einzelnen Worten (auch wenn wir sie darin nicht finden werden), in den Sätzen, die sie ergeben (auch wenn wir sie darin nicht finden werden), in dem Sinn, den sie vermitteln (auch wenn wir sie darin nicht finden werden), in den Geschichten, die sie erzählen (auch wenn wir sie darin nicht finden werden). Die „Reinheit" seines Dürstens fördert und fordert die Reinheit der Quelle, die ihn stillt und aus der er schöpft, und dieser Eigen-Geschmack ist jenem Cocktail aus Absolutem im Relativen und Relativem im Absoluten inne, der er selber ist und den er uns hier anbietet. Diesen Geschmack, diesen „taste" können wir schmecken und kosten, und er wird eine Erinnerung in uns wachrufen, daran, was wirklich „kost-bar" ist und wonach wir tatsächlich dürsten, und es wird unser eigenes Dürsten wecken oder wiederbeleben oder eben unser eigenes Gestillt-Sein an nur dieser einen einzigen Quelle mit einem zärtlichen Lächeln bestärken und bestätigen. Dies um so mehr, je größer in uns selbst diese Sehnsucht nach der einen, reinen Quelle ist, nach der Quelle aller Quellen.»Großer Zweifel – Großes Ja«, so hat es ZEN-Meister Seung Sahn einmal formuliert.

Ronny hat es nicht nötig, Unklarheiten und Unentschiedenheiten im eigenen Erkennen und Erfassen der Wahrheit durch ein nebulöses Blabla zu verschleiern, das vorgibt, die Menschen dort abzuholen, wo sie sich gerade aufhalten oder befinden. Er bleibt einfach bei der Wahrheit, er verweilt in ihr, er beharrt auf sie und verharrt in ihr, und macht gerade dadurch unmissverständlich klar, dass wir uns niemals irgendwo anders befinden oder aufhalten können als eben genau und mitten in ihr, dass wir nichts anderes als eben Wahrheit sind und also auch nirgendwo sonst abgeholt werden können oder zu erreichen sind als in und durch Wahrheit. Dieses Beharren darauf, dass wir Wahrheit sind, verzichtet darauf, uns für unmündig zu erklären, um uns dann zu angeblicher Mündigkeit, Freiheit und Wahrheit zu „erziehen" oder zu „erwecken". Er macht es einfach nicht mit, dieses so beliebte Spiel, dem 99% aller esoterischen und spirituellen Heilsbringer huldigen. Ebenso wenig aber stimmt er den Einheits-Kanon des Neo-Advaita an, die Einlullungs-Hymne der Satsang-Junkies und Wahrheits-Besitzer: „Hast Du sie, die Wahrheit DESSEN, ist der Rest gleich mit gegessen". Nein, er weiß durchaus und auch darauf hinzuweisen, dass wir sowohl unsere Kauwerkzeuge wie unseren Verdauungsapparat noch benutzen können, dürfen und müssen und dass die „harten Nüsse" erst noch kommen und auch geknackt werden wollen: »Diese spontanen Offenbarungen der Unendlichkeit sind Einladungen, tiefer zu gehen, sich zweifelsfrei zu erkennen und es nicht nur bei einer Erinnerung und der Idee vom Werden oder gar intellektuellen Wiederholungen zu belassen.« Die Wahrheit sein, die bereits da ist – viele im Umkreis des Advaita verwechseln das mit „die Vorstellung sein, die ich bereits hatte". Darin kann man sich getrost weiter schlafend stellen und von sich selbst als dem Erwachten träumen – und die Sehnsucht nach wirklichem Erwachen als Maya, als Schimäre des Verstandes denunzieren. Wahrheit muss und will sich immer wieder im Lichte der Wahrheit spiegeln, und ist sie es wirklich, dann sucht sie auch nach solchen Auseinander- und Zusammensetzungen, und das mit zunehmender Lust und Begierde, Freude und Neugier. Ronny hat hier Nisargadatta zitiert: »Das Erkennen geschieht spontan in einem Moment, das Erforschen davon ist ohne Ende.« Dieses Erforschen ist die schrecklichste, schönste und spannendste Auf-Gabe, die man sich (nicht) vorstellen kann, ein Full-Time- wie ein Job auf Lebenszeit, unerschöpflich und mich nie erschöpfend.

Das Erforschen, das „Wahr-Nehmen" und Annehmen, das Erkennen und Anerkennen der Wahrheit geschieht durch alles und jedes, was ist, was in mir und durch mich ist. Überall Wahrheit! Ja, überall Wahrheit, in unendlichen Formen und Farben, in den unwahrscheinlichsten und unerwartetsten Facetten, ein gigantischer tanzender Kosmos, sich an sich reibend, sich durch sich brechend, scheinbar miteinander streitend und kämpfend, berührt und bewegt von einem allem innewohnenden pulsenden Rhythmus, der nichts als in sich selbst ruhende Stille ist.

Als Mensch kann ich selbst das weiteste Erfahrungsfeld dieser Wahrheit sein, als Mensch unter Menschen sind es andere Menschen, gleichsam größte Heraus-Forderung wie vollendetste Ein-Lösung. Fruchtbarster (wie furchtbarster!) Spiegel können dabei all jene Menschen sein, die sich der Wahrheit hingeben und verliebt darin sind, sie immer mehr, immer tiefer, immer weiter, immer näher, immer inniger und bloßer zu entdecken. Sie sind die machtvollste Erinnerung an die eigene Wahrheit, und im Spiel ihres freien Spiegelns können wir entdecken, wohin wir vielleicht nicht ganz so gerne schauen oder noch nie geschaut haben, was bisher verborgen war oder noch diffus oder unklar. Ronny kann solch ein wunderbarer, „gemein genauer" Spiegel sein, einer, der einfach nur spiegelt, was da ist – statt zu reflektieren, was er sich einbildet oder wiederzugeben, wie wir uns selbst sehen. Das ist ein großes Geschenk, und es steht jedem frei, es zu nutzen. Dass er dies sein kann, das ist nicht sein „Produkt" oder sein „Verdienst", er ist einfach so. Er ist so und er hatte nie eine Wahl, anders als genau so zu sein, er hat sich nicht dafür entschieden und auch nichts willentlich oder vorsätzlich dafür oder dagegen tun können. Aber er hat Ja gesagt, er hat zugestimmt, Ja dazu, keine Wahl zu haben, Ja dazu, genau dies und nichts anderes sein zu können. Er hat sie angenommen, die Wahrheit des Lebens wie die Wahrheit seines Lebens. Er bestätigt, dass ist und was ist. Er teilt mit, was nicht geteilt werden kann, er spricht aus dem, worüber nicht gesprochen werden kann. Er macht sich an-greifbar und be-rührbar, und das mit der Leidenschaft dessen, der weiß, worum es geht und was es ist. Das zu würdigen, dafür ist ein Wort auf jeden Fall nicht zuviel und nicht verfehlt: Danke. Danke, Ronny! Du machst einen guten und wichtigen Job, und du lebst, dass auf der Wahrheit beharren nichts mit Vorstellungen und Standpunkten, aber sehr viel mit Herzblut und Leidenschaft, mit Mut und Risiko – auch zu „Irrtum" und zum „Scheitern" – zu tun hat. Ich wünsche deinem Buch viele Leser; auch wenn es nicht alle bewegen wird, es wird in allen etwas bewegen. Und vor allem auch solche, die selbst Satsangs geben; möge es in ihnen das Wesentliche noch einmal berühren. Danke, dass es dich gibt, danke, dass du gibst, was du bist. Danke, dass du uns diese Zumutung zumutest! Von Herz zu Herz, Wahrheit in Wahrheit.

Henning Sabo

Einführende Worte

Die hier zusammengestellten Texte, Gedichte und Dialoge sind zwischen 2005 und 2010 entstanden. Letztlich ist die zeitliche Angabe nicht wirklich von Bedeutung, denn die Inhalte transportieren zeitloses Wissen. Doch ist dieses Wissen nur in dem einen Moment von Bedeutung, in dem du damit in Berührung bist. Halte nicht daran fest, es ist frei. Lass es sich leben.

Jede Seite dieses Buches ist eine Einladung zu sein, was du bist, so, wie du bist. Alles ist ein Hinweis auf DAS. ES entzieht sich allen Beschreibungen und doch drückt es sich alles IN DEM EINEN aus.

Wie das Zuckerrohr nicht die Süße ist, so sind die Worte nicht die Freiheit des natürlichen Zustands. Nimm die Einladung an, davon zu schmecken, so dass es offensichtlich wird, dass es nur dies EINE SELBST gibt.

Ein paar Worte zur Sprache und Schriftform. Sprache beruht auf Dualität. Prozesse, die von A nach B führen, können leicht erklärt werden. Das hier ist etwas anderes. Hier wird auf DAS hingewiesen, was du bist. Das Schöne ist, wird dies erkannt, ist es offensichtlich, dass es immer schon in seiner Vollständigkeit realisiert ist und dass DAS nie dein Erkennen braucht, da es in allem ist, was es ist. Dennoch lass uns die Möglichkeiten nutzen, dass ES sich erkennen kann, damit es selbst-verständlich und in allem offensichtlich wird und du ganz im Tanz aufgehst, so, wie der Tanz sich tanzen möchte.

Worte wie „DAS", „LEBEN" und „LIEBE" werden hier teilweise in Großbuchstaben geschrieben und weisen auf die Einheit und Ganzheit der Manifestation hin.

Begriffe wie „Ich Bin", „Jetzt", „Hier" und „Sein" deuten auf einen (un)persönlichen Seinszustand, auf ein bezeugendes Sehen, Stille, Frieden, grundloses Glück hin. Diese unpersönlichen Seinszustände können das „torlose Tor" zu Selbsterkenntnis und Freiheit sein.

Die kursive Schreibweise von z.B. „*dies*" und „*das, was du bist*", sind der Hinweis auf das, was du bist, auf die Quelle, auf das Nicht-Gegebene, was absolut kein Objekt ist, nichts!

Immer wieder sind Gesprächsauszüge aus Talks in den einzelnen Kapiteln zu finden. Die Fragen und Aussagen der Besucher sind kursiv dargestellt, um den Dialog deutlich hervorzuheben und ein leichtes, flüssiges Lesen zu ermöglichen.

Trotz der verschiedenen Schreibweisen, halte dich nicht mit Formen und Begriffen auf, die letztlich nur Hinweis sein können auf DAS, worin all das erscheint. Erfasse immer wieder frisch und neugierig das Ganze.

In dem Moment, in dem zweifelsfrei erkannt wird, ist es offensichtlich. „Die Person", die dieses Buch geschrieben hat, hat genau wie du, der du dieses Buch jetzt in den Händen hältst und liest, niemals etwas getan. Da ist einfach keine autonome Wesenheit, niemals und nirgendwo. Es ist ein unendliches Geschehen, das sich durch alles ausdrückt. Wir werden alle gespielt und es ist in jedem Moment vollkommen, genau so, wie es sein soll. So verhält es sich auch mit dem Erkennen. Es geschieht, wenn es geschehen soll, und doch ist das Lesen, das aufrichtige Forschen, das Eintauchen in Stille eine Einladung für das Bewusstsein. Halte dennoch nicht an der Form fest, an dem, wie es sein sollte. Schaust du auf die Form, hast du das Wesentliche verpasst. Erwachen geschieht unvermittelt – vielleicht am Bahnhof oder nach dem Mittagsschlaf – in dem Moment, wo du nicht darüber nachdenkst, wo du nicht suchst. Denn es geschieht bereits alles in DEM, *du bist* immer schon DAS.

Eine Geschichte

Beginnen möchte ich mit einer Geschichte, in der bereits zu Anfang die spirituelle Suche im Mittelpunkt stand, auch wenn es diese Benennung dafür noch nicht gab. Und so steht dieser Aspekt des Lebens in dieser Erzählung im Fokus der Betrachtung.

Wie jede Geschichte ist sie einzigartig und voller Wunder. Jeder macht seine Erfahrungen, keine gleicht der anderen, denn der Fluss ist in Bewegung. Doch allen Geschichten gemeinsam sind die vertrauten Gefühle von Sehnsucht, Suche und Getriebensein. Die Momente von Dankbarkeit, Ankommen und einfach Dasein dürfen, das wieder Verlieren, der Schmerz und die Traurigkeit, die damit einhergehen. Die Freude, vom Leben beschenkt zu werden und in Leichtigkeit einfach mitzufließen. Sicher kennt jeder diese Gefühle, die in den verschiedensten Situationen immer wieder aufs Neue erlebt werden können.

Ich mag die Erfahrungen, die mich geprägt haben, so lebendig wie möglich mit dir teilen. Vielleicht lässt es etwas Vertrautes in dir anklingen, weil du Ähnliches erlebt hast. Und so haben wir ein Resonanzfeld, das uns ermöglicht, gemeinsam auf die Reise zu gehen, leidenschaftlich der Sehnsucht zu folgen und still nach dem Kern zu forschen.

Jedes Leben ist Suche, das ist das Natürlichste. Die Einladung hier ist, einfach absolut du zu sein, zu Sein, was du bist, genau so, wie du bist.

Ich schildere hier letztendlich die Suche nach dem Selbst, die jede Idee und Erfahrung von Selbst zurückgelassen hat und im natürlichen Zustand gemündet ist, der unmittelbaren, direkten Erfahrung, so, wie sie sich zeigt. Schau und sieh selbst.

Erste Erinnerungen an eine Geschichte, die noch an keine Geschichte und keine Erinnerung gebunden war. Ich war ungefähr drei oder vier Jahre alt und saß am Ackerrand, meine Großeltern waren dort bei der Arbeit. Ich sah voller Begeisterung und stiller Freude einen Regenwurm und spielte behutsam mit ihm, genoss die Berührung und die Bewegung, mit der er über meine Hand glitt. Dann folgte ich dem Impuls, ihn mir auf den Kopf zu legen. In dieser absichtslosen Handlung erfuhr ich das, was man in tantrischen Traditionen die Erweckung und das Aufsteigen der Kundalini nennt. Bewusstsein übernahm vollständig dieses Mensch-System und die kleine Person verschwand darin. Ich wurde zur Leinwand, auf der die Geschichte lief, ging ganz im Bewusstsein auf und durfte wieder für einen Moment von dieser Süße des Seins kosten. Einer Süße, die noch sehr vertraut war.

Dem folgte die nächste klare Erfahrung, die der eben geschilderten entgegengesetzt erscheint. An einem Sonntagmorgen war ich schon früh wach, meine Eltern schliefen noch, und ich hatte Lust, etwas zu tun, das Bedürfnis, hilfreich zu sein. Ich kochte meinen ersten Kaffee. Aber meine Eltern tranken ihn wohl etwas anders. Mama erklärte mir, wie sie den Kaffee kocht. Ich stand da, nichtwissend und ahnungslos, wie ein Fremder in einer geträumten Welt.

Ich war oft in meinem Zimmer auf der Suche nach etwas Bestimmten, ohne wirklich zu wissen, was ich eigentlich genau suchte. In der Stille dieses Suchens tauchte immer wieder die non-verbale Frage „Wer bin ich?" auf.

Als ich sechs oder sieben Jahre alt war, ging ich allein am Acker spazieren, blieb stehen und schaute über das Land. Im Hintergrund der Wald, der blaue Himmel, ein paar Wolken, das reife Korn auf dem Feld. In einem nicht greifbaren Moment löste sich spontan die Substanz aller Erscheinungen auf, von dem, der erfuhr, und von allem, was erfahren wurde. Da war einfach nur die totale Weite, leerer Raum. Der Raum, in dem das seit Ewigkeiten kommt und geht, sich permanent wandelt, was Leben ist. Es offenbarte sich das formlose, reine Sein in seiner gewaltigen Schönheit.

Ein ewiger Moment, der wieder verschwand. Mit dieser Erfahrung ging ich nach Hause und dem intuitiven Wissen, dies mit niemandem teilen zu können, weil kein mir vertrauter Mensch dies kannte. Damit allein zu sein, machte mich traurig.

Eine andere Begebenheit steigt in der Erinnerung auf. Ich war bei einer älteren Frau aus der Nachbarschaft zu Besuch. Es war ein wunderschöner Tag, und voller Freude hüpfte ich auf ihrem Bett. Über dem Bett hing ein Bild mit Engeln und ich tanzte und sprang mit diesen Engeln. Unendliche Freude und Glückseligkeit erfüllten mich. Es war einfach ein Genuss von Leichtigkeit.

Der Rausch der Glückseligkeit endete, zurück blieb ein Kater. Ich stand im Hof vor unserem Haus und alles war von einem Grau durchzogen. Die Offenheit, die mir diese Erfahrung bescherte, tat weh in der nackten Berührung mit dem alltäglichen weltlichen Dasein. Ich verstand das nicht. Ich wünschte mir, all das mit jemandem teilen zu können, der Erfahrung und Klarheit darüber hatte. Im Rückblick zu einfach. Eine süße Erfahrung, eine bittere Erinnerung. Sommer und Winter wechseln, so sind die Dinge.

Wieder ging ich im Feld spazieren und im Nicht-Suchen tauchten plötzlich eine Leichtigkeit und eine sanfte Freude auf, wie ich es aus dem Zen und seinen Erzählungen über die Meister kenne, über die ich damals noch gar nichts wusste und die mir doch so vertraut waren.

Den nächsten Moment tiefer Berührung, der sehr eindrücklich war, erlebte ich an einem Samstagvormittag. Ich war mit meiner Mutter auf dem Weg zu einer Hochzeit und stand mit ihr vor der Kirche. Vor dem großen Tor wurde ich von „etwas" Großem erfasst: LIEBE. Das Kirchenportal öffnete sich und diese Liebe nahm mich mit.

Abends lag ich im Bett, meine Mutter kam, um mir eine gute Nacht zu wünschen. In Erinnerung an dieses Ereignis vor der Kirche fragte ich sie, was ich tun muss, um Pfarrer zu werden. Sie sagte nur: „Nichts". Sicher fand sie es absurd, deshalb diese Antwort. Und doch war dies die Antwort auf meine ursprüngliche Frage „Wer bin ich?". Eine Antwort, um sich als die Zustandslosigkeit zu erkennen. Doch die Reise hatte erst begonnen. Es eröffneten sich zuerst scheinbare Irrwege, durch die sich das Leben erfahren wollte.

Diese Antwort „Nichts" war Gnade und Fluch zugleich. Ich hatte kaum Interessen. Die Anforderungen des Lebens erlebte ich nicht wirklich mir gerecht und ich fühlte mich damit überlastet. Selten, dass mich wirklich etwas tief berührte und meiner Sehnsucht und meiner Anziehung entsprach. Es war nicht meine Welt, der ich begegnete. Es fühlte sich an, als sei ich im falschen Traum aufgewacht.

Manchmal erfuhr ich noch, geführt und gelebt zu werden. Doch meist war ich allein. Das Leid wollte ich mit Fernsehen und einer Unmenge Haschisch loswerden. Ich war Anfang zwanzig im Zivildienst, als die Sucht mich übernahm und ich intuitiv wusste, sie war ein Tor, durch das ich musste. Es war klar und ich hatte Vertrauen, dass sie zu gegebener Zeit auch wieder von mir genommen würde. Es endete in Depression und grundlosen Tränen. Ich scheiterte am Kampf, damit aufzuhören. Als ich einsah, dass ich den Kampf gegen die Sucht nicht gewinnen konnte und die Waffen immer wieder verzweifelt niederlegte, hörte sie sanft aus sich selbst heraus nach knapp sieben Jahren auf. Es hatte letztlich nichts mit mir zu tun, es geschah.

Ich begann, Bücher über Schamanismus und Tantra zu lesen. Tantra zog mich an. Doch was ich in den Büchern fand, war nicht das, was ich suchte. Auch wenn ich die Ideen über Sex, die dort erläutert und gezeigt wurden, sehr spannend fand. Doch das hatte wenig mit meiner tiefen Sehnsucht zu tun, die mich anzog, wenn der Begriff Tantra in mir zu schwingen begann. Sehr intensiven Sex hatte ich auch ohne tantrische Praktiken. Sex erlebte ich als ewige Momente des Todes einer kleinen persönlichen Welt, ähnlich dem Rausch von Opiaten. Momente ewiger Freiheit und Schönheit.

Eine kaputte Beziehung ging zu Ende und ich schleppte mich kraftlos durchs Leben. Ich suchte ein Zuhause und fand eine Dreier-WG mit einem ayurvedischen Koch. Freitagabend übte er Yoga und verschiedene Formen der Meditation. Er lud mich dazu ein und es tat mir gut, einfach runterzukommen, zu entspannen.

Ich lebte ein paar Wochen dort. Der Yogi war gerade in Varanasi, um Hatha Yoga zu praktizieren. Eine wundervolle Frau klingelte an der Tür, sie wollte zum Yogi, sie war einfach nur schön. Während seiner Abwesenheit kam sie noch mehrmals vorbei. Wir lernten uns kennen, liebten uns und lebten ein paar Jahre zusammen. Sie war ein Traum, wundervoll. Sie meditierte regelmäßig und pries die Meditationstechnik, die sie praktizierte, sehr an. Da ich offen dafür war, ließ ich mich für eine Unmenge Geld darin einweihen. Meditierte ein paar Monate damit und merkte, es bewirkt etwas. Doch etwas stimmte für mich nicht, da sie dreizehn Jahre auf diese Weise meditierte und es noch immer so stolz vor sich hertrug. So musste ich für mich schauen, was mein Weg war.

Wieder kam eine Art Erwachen. Diesmal sehr unspektakulär, doch ich konnte die Erfahrung so nicht annehmen. Ich war beim Zazen in einem Zen-Center, das ich aus Neugier und Interesse besuchte. Es fühlte sich fremd an und doch hatte es etwas sehr Schönes und Einfaches, was gut tat. Nach dem stillen Sitzen ging ich nach Hause, legte mich traurig und erfüllt auf mein Bett und wusste, das ist es, so, wie es sich jetzt gerade zeigt.

Doch der Verstand suchte nach etwas Außergewöhnlichem, nach etwas Besserem, und gab sich nicht zufrieden mit dem, was bereits hier ist, so, wie es ist. Ich probierte alles aus, wollte es wissen. Bei diesem Yogazauber und dem spirituellen Marktplatz um mich herum vergaß ich völlig meine grundlegende Frage. Ich segelte ohne Kompass auf dem weiten Meer der Vorstellungen. Verlor mein Herz und meinen Verstand in hoffnungsvollen Ideen, transformativen Erfahrungen, bunten Essenzen und wunderschönen Steinen, die mir in manchen Momenten wie erwachte Meister erschienen. Las von der Erleuchtung als etwas Spektakulärem, Übersinnlichem, machte mich auf die Suche nach dem Besonderen und übersah dabei immer wieder das Wunder, das jetzt ist.

Nach ein paar Jahren intensivem Umherreisen auf dem spirituellen Jahrmarkt traf ich einen Mann, der mir sympathisch war, sehr nüchtern und klar. Im Gespräch erzählte ich ihm von meinem Yoga und er mir von seiner Praxis, die ganz ähnlich sei. Er lud mich ein, seine spirituelle Arbeit kennen zu lernen. In dieser ersten Begegnung hatte ich einen Moment die Vision eines Energiekörpers und ich war interessiert an seiner Meditationstechnik. Ich besuchte ihn regelmäßig, bekam Behandlungen, Reinigungen des Energiesystems und wurde in die Meditationstechniken eingeweiht. Gleichzeitig praktizierte ich regelmäßig für mich.

Dann begannen diese Erwachenserlebnisse erneut. Ich war drei Tage voller Angst und Unruhe in meiner Wohnung am Rotieren, dann schoss die Kundalini hoch und blies mein Ich aus. Um genauer zu sein, es verschwand der, dem dieses Ich scheinbar gehörte.

Ich war einfach durch und merkte in diesem Moment nur, dass ich gelebt wurde. Es war nicht schön, fern von diesen leuchtenden Ideen über die Shakti und das spirituelle Erwachen, über das nur allzu gerne geschrieben wird. Doch das Leben kümmert sich einfach nicht um Vorstellungen, die man über das Leben und Gott hat. Es war eine sehr intensive Phase, ich gewann durch all das nichts dazu, wie ich erhofft hatte, es war immer wieder ein Verlieren von Vorstellungen und Ideen.

Irgendwann wusste ich nicht mehr, was ich bei diesem Lehrer noch sollte. Denn hatten die Techniken, die Meditationsübungen und all die Erfahrungen noch etwas mit meiner tiefen Sehnsucht zu tun oder waren es nur weitere äußere Geschehnisse, die mich von dem wegführten, worum es mir im Kern ging? Ich wusste es nicht, und doch zog es mich weiter an; es war ein Halt, eine kleine Hoffnung.

Über zwei Jahre war ich nun dort zu Meditationseinweihungen, Reinigungen, hin und wieder zu Seminaren. Bei einem Treffen erwähnte er, dass diese Praxis eine tantrische Arbeit sei und mein Herz leuchtete auf. Ein Moment des Glücks, weil es das war, was ich mit dem Begriff Tantra verband. Doch später fragte ich mich, war es das, was ich in der Tiefe suchte? Was war meine tiefste Sehnsucht?

Wir trafen uns zu einer Meditationseinweihung. Es war ein relaxtes, sehr feines Treffen. Als ich nach Hause ging, war niemand mehr da, der diese Erfahrungen machte. Da war Energie, Freude pur, sonst nichts. Bei mir

Zuhause war eine Party und ich schaute zuvor auf meinen Personalausweis, damit ich wenigstens meinem Namen nennen konnte, falls mich jemand danach fragte. Mich gab es nicht mehr, dafür freudige Wahrnehmung und eine stille kraftvolle Energie.

Erfahrungen kamen und gingen. Ich war auf einem Weg nach Nirgendwo und wusste nicht, was ich wirklich suchte, hatte Hoffnung auf die Erleuchtung und das ewige Glück. Doch letztlich war kein Land in Sicht. Ich liebte meinen Lehrer und doch war da etwas wie eine innere Feindschaft. Hatte ich mir doch Befreiung, Erleuchtung und einen Ausgang bei ihm erhofft. Nichts davon zeigte sich auch nur ansatzweise, wenn es sich zum Greifen nah anfühlte.

Der Ausgang offenbarte sich spontan, doch es war der nächste Eingang. Zwei, drei Tage lag ich bewegungslos und voller Schmerzen im Bett. Das Letzte, was von mir blieb, war Bezeugen und Anwesenheit, und auch das verschwand. Danach zeigte sich anstelle des Schmerzes Erschöpfung und sanfte Freude. An diesem Tag besuchte ich meine Familie und ging auf dem Weg dorthin noch ein Stück durchs Dorf spazieren. Dabei wurde plötzlich erkannt, dass sich gar nichts bewegt. Obwohl ich mich von A nach B bewegte, tat sich in Wirklichkeit nichts. Es war absolute Stille, unberührtes Sein, dunkler Urgrund, eine Welt der Erscheinung und „etwas", das sah und sich im Hintergrund freute, den Film zu genießen.

Kennst du dich als „*Dies*", was nicht gegeben ist? *Dies* schaut durch die Augen aller, betrachtet sich selbst und genießt das grundlose Spiel. *Dies* schaut auch jetzt durch deine Augen. Kennst du *dich*?

Der absolute Hinweis, doch er konnte in diesem Moment noch nicht angenommen werden. Der meditierende Shiva auf dem Kailash offenbarte sich mir einen Tag später in der Meditation, mein Gott, dem ich mich nahe fühlte. Er erschien und seine Essenz war meine Essenz, und meine Essenz war seine Essenz, und er sagte nur: „Auch ich bin es nicht". Eine berührende Begegnung, und er verschwand in liebevoller Stille, wohltuender Ernüchterung!

Kurze Zeit später warf mich mein Lehrer raus. Er sagte zu mir: „Dir hat sich alles offenbart. Das wars. Lebe!"

Eine zertrümmerte Suche, kein Ankommen, kein Ende in Sicht. Ich erlebte noch einige spontane Initiationen feinstofflicher Kräfte, die diese tantrische Arbeit begleiteten. Es gab Momente der Dankbarkeit, der Integration und Heilung, Momente des Fließens. Das war immer wieder wohltuend, doch meine Suche war ein Trümmerhaufen. Es war am Ende, doch hatte *es* sich noch nicht wirklich durch die Form erkennen können. Der Verstand zweifelte noch und suchte nach der Erfahrung, die alles ändern würde. Das Herz konnte noch nicht erwachen, obwohl doch letztlich schon alles klar war. Oder nicht?

Durch einen Freund kam ich mit der Lehre des Advaita in Kontakt, lieh mir von ihm einiges zum Lesen aus und erfasste intuitiv, dass es dabei um meine Frage „Wer bin ich?" ging. Einmal nahm ich an einem Satsang teil und war letztlich entsetzt. Ein recht junger „Heiliger", strahlend vor Licht, saß da vorn. Aber ich wusste, dies konnte es nicht sein, nur eine weitere Erscheinung, nur ein Schein des Besonderen, sonst nichts. Ja, sehr besonders und erhaben, doch nicht das, was mich aus tiefster Sehnsucht trieb.

Einige Zeit verging, ich tauschte mich im Internet ein wenig aus und verstand nicht, dass es keinen geben sollte, der etwas tun oder lassen konnte, denn ich machte oft die Erfahrung von meinem Tun. Genau so wie auch das Fließen des Lebens, in dem alles einfach geschah, ohne einen Handelnden. Das war mir ein Rätsel.

Mein Freund rief mich an und machte mich auf einen Satsang aufmerksam. Ich schaute mir die Website des „Lehrers" an und saß den ganzen Vormittag vor dem Bildschirm, ohne etwas zu lesen und genoss einfach diese Website. Im Satsang hörte ich, was im Inneren schon wach war. Dies, was sich mir vor ca. zehn Jahren nach dem Zazen offenbarte, „das ist es". Ich durfte von dem hören, das keine Unterschiede kannte und in allem das ist, was es ist. Endlich fand im Außen Resonanz, was in mir schon wach war, ich durfte endlich von dem hören was Freiheit ist.

Diese radikale Botschaft wurde von einem freien Radikalen der Liebe vermittelt. Ich weinte vor Hingabe, vor Erleichterung und Dankbarkeit, dass es sich nun endlich erfassen konnte.

Die Suche schien zu Ende zu gehen. Doch was war mit diesen Erleuchtungserfahrungen, die doch sehr besonders, tief und scheinbar befreiend schienen? Wenn es mir möglich war, ging ich zum Satsang, um zu lauschen, zu fragen, still zu forschen. Auch war es ein Genuss für mich, unter Menschen zu sein, die mir nah, vertraut und ähnlich waren. Ein neues Ankommen in der Welt. Die Teachings wurden immer unbegreiflicher für den Verstand. Doch war ich selten mit dem Verstand da. Ich war da in Vertrauen, Hingabe, Sehnsucht und Stille. Die Ohren hörten einfach, ohne wirklich etwas damit zu machen, da war einfach die unmittelbare Erfahrung, in der alles auftauchen konnte.

Freitagabend erlebte ich ein intensives Satsang. Sehr viel Stress und Unruhe tauchten auf. Ich kam zu spät zum Satsang und es war kein Platz in dem kleinen Wohnzimmer. Dort saßen bestimmt zwanzig Menschen dicht gedrängt. Ich lief im Gang zwischen Küche und Toilette auf und ab, um mich zu erholen und setzte mich hin und wieder auf den Boden. Ich wurde mit den unangenehmsten inneren Zuständen konfrontiert. Während der Zugfahrt nach Hause bekam ich Zahnschmerzen. Ich beließ die Erfahrung die nächsten zwei Tage so, wie sie war. Nüchterne Klarheit, in der Schmerz erschien und sich in Sanftheit und Glückseligkeit wandelte. Montags ging ich dann zum Zahnarzt und während ich auf ihn wartete, liefen Tränen der Glückseligkeit. Da war eine Dankbarkeit und totale Hingabe an das, was da war.

Nachmittags machte ich mich auf den Weg zum Zug, da ich eingeladen war, einen Vortrag über Tantra zu halten. Zwischenstopp, ich aß Pommes am Bahnhof. Plötzlich bekam ich Lust auf eine Bratwurst, denn die Pommes schmeckten fad. Dabei bin ich doch Vegetarier, hatte die Idee von Mitgefühl und nahm diesen Zwiespalt berührbar wahr. Dann sah ich mich nur noch zum Imbiss gehen und mir eine Bratwurst kaufen. Ich biss in das Bratwurstbrötchen und dies entleerte die

Welt total. Niemand mehr da in dieser totalen Fülle. Ich hatte die Welt verlassen, die Welt war in mir.

Dementsprechend fiel auch die Qualität des Vortrages aus. Anfangs leitete ich eine Meditation an, dann sprach ich nur über die Essenz von Tantra, wie es sich mir offenbarte, „alles, was ist, ist Bewusstsein". Mehr gab es nicht zu sagen, denn das ist alles. Es war mir eine Freude, damit kompromisslos den Abend zu füllen. Danach besuchte ich meine Familie, und es war ein stiller Genuss zu sehen, dass ich „meine Eltern" geboren habe, und da war eine Freude über diese Begegnung. Ein Genuss, einfach da zu sein.

Wieder zurück von meiner kleinen Vortragsreise, lud ich meinen Advaita-Freund zu einer Pizza ein. Er meinte, ich sei erwacht. Er hätte schon einige Erwachte gesehen. Daraus machte ich mir nichts. Es war einfach das, was IST. Und das war es immer schon, gleich, welche Erfahrungen sich zeigten. Also, welches Erwachen? Da war nie jemand, der „erwachen" konnte. Da war nur Bewusstsein.

Es blieb erstmal bei diesem entspannten Zustand, der von meinem Freund als Erwachen bezeichnet wurde. Für mich gab es kein Erwachen, nur Erfahrung, so, wie sie eben ist. Dennoch tat es weh, als sich das wieder wandelte und der zurückkam, dem die Erfahrungen und das Ich gehörten. Zuerst musste ich mich gegen diese Last des scheinbaren Besitzers wehren. Ich forschte still weiter, lauschte den Worten des „Crazy Wisdom".

Bewusstsein fing an, sich in allen seinen Aspekten zu zeigen. Ich verschwand in der Dunkelheit, war der Raum, war die Stille, selbst im Lärm, war die Leinwand und die Akzeptanz. Doch sobald die Idee von mir auftauchte, erschien gleichzeitig ein Suchen mit der Vorstellung, ein Zuhause im Raum des Bewusstseins finden zu können.

Auf dem Weg zu einem Retreat war ich am Bahnhof und durfte erkennen, wie eine Wolke spiritueller Arroganz vorbeizog. Ich war relaxt, holte mir einen Kakao, trällerte spontan ein Shiva-Mantra, saß auf meinem

Rucksack und dann geschah etwas Gewaltiges. Ich wurde durch das Gefühl „zu sein" gesaugt, wie durch eine Leinwand in das Licht hinein, das den Film erscheinen ließ, und badete in diesem Licht. Und ja, ich musste später feststellen, auch diese Erfahrung war mir nicht unbekannt. Beim Sex hat es mich auch schon spontan erwischt und für einen ewigen Moment im Licht ausgelöscht.

Ja, das fühlte sich gut an. Ich genoss noch ein wenig die Nachwirkungen dieses Erlebnisses. Das Retreat war sehr intensiv. In der ersten Nacht hatte ich einen Traum, dass es weder die Klarheit noch die Hingabe ist; sie waren einfach ein wundervoller Ausdruck des Da-Seins, der mit sich tanzt, sich ständig wandelt und Hinweis sein kann auf das, was LEBEN IST..

Im Satsang auf dem Retreat erzählte ich von der Lichterfahrung und, wie so oft in den letzten Monaten, von diesen Erlebnissen, die kamen und gingen. Immer wieder hörte ich die freundlichen Worte, „aber *du bist* doch". Diesmal kam mir eine Wut entgegen und die Worte: Verweile im „Ich Bin" und frage dich, „Wer bin ich?".

In diesem Augenblick hat sich unweigerlich und zweifelsfrei das offenbart, was sich nicht offenbart. Nun war es nicht mehr zu leugnen, dass das, was *ich bin*, kein Objekt und kein Zustand ist. Dass das, was *ich bin*, ist, auch wenn nichts mehr ist, und *es* in allem das ist, was es ist.

Dieser lebendige Koan ist viel zu einfach für den spirituellen Sucher, der besondere Vorstellungen über Erwachen, Erleuchtung, Präsenz, Stille, Mitgefühl, Freiheit, Natürlichkeit, Spontaneität, das Leben und seine wahre Natur hat.

Hier endet scheinbar die Geschichte. Nein, nur diese Erzählung.
Die Geschichte ist ohne Anfang und ohne Ende.

Ein Leben in Freiheit und Akzeptanz beginnt, gelebt zu seinen Bedingungen und in dem Genuss dessen, was ist, so, wie es ist. In dem Wissen, dass es nie anders sein kann. Ohne Besitzer von dem, was ist. Das ist die absolute Leichtigkeit und Freiheit zu Sein, was *du bist*.

1 Tantra – lebendiges, non-duales Wissen

Tantra – Ursprung und Essenz

Tantra ist ein Begriff für die natürliche Bewegung des Bewusstseins, das sich in seiner kontinuierlichen Bewegung ausdehnt und wieder zusammenzieht. Ursprüngliches, non-duales Tantra ist eine Einladung, *das* zu Sein, was Bewusstsein ist, und mit der Bewegung des Lebens im Tanz zu sein.

Tantra ist ein direkter Weg, ohne Sicherheiten und starre Regeln. Es ist ein Pfad der Hingabe an die ursprüngliche Natur, die Hingabe an das, was IST. Im Tantra geht es um keinen Glauben, keine Dogmen, keine Regeln, keine Religion und keine Tradition. Es geht um ein Selbst-bestimmtes Leben, ein Leben aus erster Hand. Es gibt keine festen Regeln und Vorstellungen. Alles geschieht spontan.

Tantriker sind meist provokant, häufig Einzelgänger und leben oft in Extremen. Ein tantrisches Sprichwort besagt: „Was einen normalen Menschen in die Hölle bringt, verhilft einem Tantriker zur Erleuchtung."

Es ist ein wegloser Weg, der dich mitten durchs Leben führt und nichts ausschließt. Eine Einladung, die Freiheit direkt offenbaren kann, denn du wirst sofort mit dem offenen Geheimnis in Kontakt gebracht. Dem offenbaren Geheimnis, dass du das Absolute bist und es nichts anderes gibt als DAS. Es ist die Einladung, dich jetzt hier als vollständig zu erkennen und deine Herzenswahrheit zum Ausdruck zu bringen.

Ganz gewiss geht es nicht darum, sich in „die Idee" des Absoluten zu flüchten. Es geht um das Erleben der Gegenwärtigkeit, so, wie es jetzt ist.

Ein Tantriker lässt sich auf das Leben ein. Er ist offen dafür zu erfahren, wie es ist, ohne danach zu fragen, wie es nach den Vorstellungen der anderen oder nach den eigenen sein sollte. Er vertraut dem Fluss des Lebens. Tut sein Bestes, folgt seiner natürlichen Anziehung und lässt das Feuer Leidenschaft und Sehnsucht im Herzen brennen. Er ist bereit, dabei alle Projektionen, Idealbilder, Vorstellungen und Ängste zu konfrontieren und fallen zu lassen, die ihn vom spontanen, direkten Erleben der Wirklichkeit abhalten.

Mit dem Begriff Tantra werden in unserer westlichen Welt oft Sehnsüchte nach erfüllter Sexualität geweckt und der Wunsch nach Vergnügen geködert. Glaubt man den Medien, so ist Tantra der Weg zu ekstatischen sexuellen Ausflügen und ein wirksames Mittel zur Befreiung und Betäubung des oftmals grauen Alltagstrotts. Doch geht es letztlich nicht darum, sich in seinen Begierden zu verlieren, sondern sich von seiner tiefsten Sehnsucht anziehen zu lassen und darin aufzugehen. Denn kein Objekt wird jemals diese Sehnsucht und das Verlangen in dir stillen können.

Besonders wegen des Maithuna, der rituellen sexuellen Vereinigung zwischen Liebenden, erscheint Tantra in einem verzerrten Bild. In unserer westlichen Kultur wird Tantra fälschlicherweise fast ausschließlich mit Sexualpraktiken oder alternativer Sexualtherapie und Selbsterfahrungsgruppen in Verbindung gebracht. In fast allen ursprünglichen Tantra-Schulen gab es sexuelle Praktiken, meist 3 bis 5 von vielleicht 150 Übungen. Die tantrische Praxis ist extrem kreativ. Je nach Veranlagung und Interesse finden sich für jeden die passenden Methoden zur inneren Befreiung.

Spontanes Eintauchen und das Verschmelzen mit dem Raum, das Aufgehen im Sein, ist Folge der tantrischen Praxis, dem lebendigen Forschen, und lässt den Praktizierenden Frieden, Akzeptanz, grundlose Freude und die ursprüngliche Vollkommenheit erfahren. In der Verschmelzung und dem tiefen Eintauchen in den ursprünglichen Raum findet tiefe Loslösung von der Idee der Person mit ihrem scheinbar freien Willen statt. Die tiefe Entspannung und die Sehnsucht nach Wahrheit, die damit einhergeht, gibt die Möglichkeit, das Leben zu akzeptieren, wie es ist, die Wirklichkeit zu sehen, wie sie sich zeigt, und in allem das zu sein, was du in deiner wahren Natur *bist*.

Eine einfache Praxis

Der Sinn der Praxis ist zu erkennen,
dass es keinen Praktizierenden gibt.
(Padmasambhava)

Der lebendigen Erforschung und der gelebten Praxis sind kaum Grenzen gesetzt. Alles kann als Fahrzeug genutzt werden. Eine Praxis, die im Alltag immer wieder spontan für einen Moment angewendet werden kann und unglaublich wertvoll ist, ist das Wahrnehmen des Raumes, des Körpers, des Atems und der Sinneseindrücke, so, wie es jetzt ist, um den Moment immer wieder frisch zu erfahren.

Schaue den Gedanken zu, die wie Wolken am Himmel vorüberziehen. Schaue ihnen zu, wie sie kommen und gehen, ohne daran hängen zu bleiben.

Nimm deinen Körper wahr, so, wie er jetzt ist. Nimm dein Herz wahr. Der bewusste Kontakt zu Herz und Körper ist von großer Bedeutung. Fühle einfach das, was jetzt da ist. Spüre im Körper, was du fühlst, und sei dort mit der Aufmerksamkeit. Sei einfach damit und relax.

Bleib bei dem, was bereits still ist. Entspanne dich in das, was jetzt da ist, ohne verändern zu müssen. Nimm mit all deinen Sinnen wahr. Relaxe und genieße diesen einmaligen Moment.

Wegloser Weg

*Sobald du auf deinem Pfad bist, wirst du es spüren,
da du im Herzen absolut berührt bist.
Bis dahin sei wie eine Wolke am Himmel,
die sich vom Wind sanft treiben lässt.*

Auch wenn du deinen Pfad gefunden hast, bleib auf dem weglosen Weg.

*Denn es gibt kein Ziel und kein Ankommen.
Sei berührbar im Herzen, das ist der Weg.*

Die Reise des Lebens

Das Leben zeigt sich in all seinen Facetten immer wieder neu. Es gibt kein näher dran, kein weiter weg, immer ist es DAS.

Die gegenwärtige Realität ist so, wie sie jetzt ist. Genau so drückt sich das Leben jetzt gerade aus. Alles, was kommt, geht auch wieder, da gibt es nichts, was bleibt.

Geschmeidigkeit und Sanftheit sind eine wertvolle Qualität. Lerne, die Kraft des Windes zu nutzen. Wenn du bergab getrieben wirst, nutze den Schwung für den Aufstieg, der folgen wird. Fließe mit und genieße, was das Leben jetzt schenkt.

Wer vor dem Nichts steht, kann sich ziemlich ängstlich und hilflos fühlen. Es gibt letztlich nichts mehr, woran man festhalten kann. Man weiß nicht, wie es weitergeht, hat nicht die geringste Ahnung, welche Möglichkeiten vor einem liegen.

Warum macht man sich bloß immer wieder so viele Gedanken und Sorgen, wird ehrgeizig, hat unendliche Angst vor dem Unbekannten? Sucht einen Halt in hoffnungsvollen Ideen? Warum gerät man in Zweifel?

Diese Grundlosigkeit, die JETZT *ist*, war schon da, bevor das Universum entstanden ist. Entspanne dich in das, in dem es weder ein Rein noch ein Raus gibt und *sei* DAS, was du unbedingt bist. Der Weg, den du gehst, so, wie du ihn gehst, ist der natürliche Pfad des Lebens! ES lebt sich immer! Leerheit durchstreift die Leerheit, das ist die Reise des Lebens.

*Du bist
unbedingt und zweifelsfrei Hier.
Es gibt nichts zu tun oder zu lassen, um zu sein, was
du bist.*

Erblühen

Als Tantriker zu leben heißt, in lebendiger Bewegung sein, berühren und sich berühren lassen. Wo sich etwas bewegt, da kommt das Leben zur Entfaltung und zum Erblühen.

Das Leben ist permanente Bewegung. Bewegung, in der man sich immer wieder neu und auf einzigartige Weise erfahren darf. In der natürlichen Bewegung des Lebens geschieht Ausdehnung und darauf folgt Zusammenziehen, ein sich Öffnen und Schließen, und immer wieder in die Quelle zurücksinken.

Durch die natürliche und lebendige Bewegung kommt man immer wieder ganz neu mit sich, seinen Mitmenschen, der Welt und dem Ursprung auf einzigartige Weise in Berührung.

Die gelebte tantrische Praxis öffnet dahin, uns wieder mehr und mehr vom Leben und den Menschen, die uns begegnen, von Herzen berühren lassen. Es ist eine Möglichkeit, durchlässiger zu werden, in den innersten Kern einzutauchen und aus diesem zu leben, die Verbundenheit zu allem unmittelbar zu erleben. Es unterstützt uns, unsere innere, ureigenste Bewegung zu entdecken und ihr vertrauensvoll zu folgen. Es ist eine

Einladung, das Leben auf deine Art zu feiern, mitzufließen und dich als das, was *du bist*, zu erkennen, es unbedingt zu *sein*.

*Die Schönheit in dem, was jetzt ist, zu sehen,
es in Dankbarkeit, Akzeptanz und Frieden da sein zu lassen,
das ist ein Geschenk des Lebens an sich selbst.*

Die ureigene Bewegung sein

*Lieber die Risiken des erfüllten Lebens
als das halbwegs funktionierende Elend.*

Komm wieder zu deinen ureigensten Impulsen jenseits von Wenn und Aber zurück. Die Impulse, die jetzt da sind, die sich spontan durch dich ausdrücken möchten, das ist genau das, wie das Leben sich jetzt auf seine lebendige, einzigartige Weise durch dich ausdrücken möchte. Darum folge deiner eigenen, natürlichen Bewegung, sei mit deinem Herzen in Kontakt und gehe dem nach, was dich anzieht. Schaue immer wieder, was jetzt da ist und lebe.

Keiner von außen kann dir die Richtung weisen, die „kennst" nur du. Lebe aus einer inneren Freiwilligkeit heraus, sei frei von anderen oder Gruppen-Entscheidungen. Gehe deinen eigenen Weg, mal ein Stück allein, mal treffen sich Wege und du genießt das Zusammensein, dann können sich die Wege auch wieder trennen. Lass dich nicht binden vom Genuss der Zweisamkeit. Sei dein eigenes Licht und fließe mit dem Fluss des Lebens, wohin er dich auch führen mag.

Gehe einfach dem nach, was dich interessiert, was du wirklich liebst, was dich jetzt anzieht, und erinnere dich im Herzen, was deine tiefste Sehnsucht ist. Zweifle nicht an deiner Vollständigkeit und deiner Schönheit. Du kannst Gott, Bewusstsein nicht näher kommen. Du bist DAS. Gib Gott einfach einen stillen und würdigen Platz in deinem Herzen. Kein Zustand und kein besonderer Umstand können dich dem näher bringen, was *du bist*. Noch kann dich irgendetwas auch nur im Geringsten davon entfernen. Du bist stets *du*.

Vertraue, es gibt nur das absolute Bewusstsein, das sich durch Jesus, Herrn Maier, Shiva, die Scheißhausfliege und auch durch alles andere gleichermaßen zum Ausdruck bringt. Also, verplempere nicht deine Zeit mit spirituellen Vermeidungstaktiken, Therapiegedöns und esoterischem Trara und heiligem Krempel, um vollkommen zu werden.

Lebe einfach mutig aus deiner Schönheit heraus, so wie das Leben durch dich gelebt werden will, und der Fluss des Lebens wird dich an den richtigen Stellen schleifen und deine einzigartige Schönheit zum Ausdruck bringen. Genieße all die verschiedensten Facetten, durch die sich das Leben zeigt. Lebe!

Was tust du, wenn alle Ideen von gut und schlecht, die besonderen Ideen von spirituell und unspirituell, traumatisiert und heilig, richtig und falsch weggefallen sind, das Leben nackt vor dir liegt und du nur zugreifen brauchst?

Dem Ruf des Herzens folgen

Keine Angst vor Fehlern. Du kannst nichts falsch machen, das LEBEN lebt dich! Geh einfach deinem direkten Empfinden, deinem Bauch und deinem Herz nach. Vertraue deinem Erleben, der konkreten Erfahrung, so, wie sie ist. Vor allem, wenn es ohne Vorstellung deines Geistes zustande kam!

Kümmere dich nicht um die Erwartungen und Wünsche, weder um die Erfüllung noch um das Loslassen davon. Jedes fixierte Ziel verleugnet nur die Vollkommenheit, die Jetzt ist.

Sei in lebendiger Berührung mit dem, was hier IST und lebe einfach.
Sei offen für das, was das Leben dir jetzt schenkt und fließe mit.
In dieser Hingabe an das Leben
offenbart sich das Wunder dessen, was IST.

Der Weg ist das Ziel

und oftmals ist nur das Ziel im Weg

Es gibt nichts zu erreichen auf dieser Reise durch dich selbst, all das geschieh in DIR. Jedes fixierte Ziel verleugnet nur die Perfektion, die Jetzt ist. Sieh doch, da ist eine wundervolle Schönheit, ein einzigartiger Ausdruck Gottes, in sich vollkommen.

Solche Vorstellungen, man müsste noch dies oder das tun, man müsste noch etwas loslassen, stärken immer wieder nur die Idee, ein Objekt in Raum und Zeit zu sein, die Idee, dass dir was fehlt und du nicht richtig bist, so, wie du jetzt bist.

Gib die Gegenwärtigkeit nicht für zukünftige und hoffnungsvolle Ideen auf. Verlasse nicht die Wurzel für die Blätter, die im Herbst vom Baum fallen. Du bist wundervoll, absolut liebenswert und vollkommen, genau so, wie du bist.

Befreiung offenbart sich, wenn realisiert wird, dass es außerhalb von dem, was Hier ist, nichts gibt. Befreiung offenbart sich, wenn erkannt ist, dass es keinen individuell Handelnden gibt, der etwas tun oder lassen könnte. Einfach nur Leben, das geschieht.

Da ist eine große Einfachheit. Du schläfst, wenn du müde bist, isst, wenn du Hunger hast. Lebst das Leben zu seinen Bedingungen und gehst einen Schritt nach dem anderen, es bedarf keiner Eile. Alles ist gewöhnlich und sehr einfach.

Die Wanderschaft des Lebens selbst ist das Ziel. Ganz unvermittelt und spontan offenbart sich das Erkennen, dass du schon immer da warst und nie dein Zuhause verlassen hast. Alles, was du da draußen suchst, gleich, ob es in der materiellen Welt sein mag oder in spirituellen Spaces, erscheint seit Ewigkeiten in dir.

Nichts bleibt übrig, was stören könnte; nichts hinterlässt Spuren, so, wie auch die Wolken am Himmel keine Spuren hinterlassen. Hier ist die Freiheit, die du überall gesucht hast. Tauche ein in dieses stille Wissen um deine ursprüngliche Natur, die *du bist*, wenn sie dich ruft. Halte an keiner Erfahrung fest, sonst wird sie dein nächstes Gefängnis sein. Lass es sich leben.

Du bist das, was sieht

Wahrnehmung ist zweifelsfrei ohne Wenn und Aber immer Hier. DAS verwendet den Körper-Verstand-Gefühls-Organismus als Wahrnehmungsorgan, „um" sich zu erfahren. In der Wahrnehmung, die unveränderlich ist, tauchen alle Zu- und Umstände auf und in keinem noch so heiligen Zustand bist du zuhause.

Du bist immer vor dem Gesehenen. Immer vor dem, was ist. *Du bist die Quelle* jeglicher Wahrnehmung. *Die Quelle* von allem, was *du* kennen kannst.

Was erfährt das, was ist?
Was ist das, was sieht?
Wer sieht?

Jeder Zweifel und jedes Hadern hält dich in der Geschichte gefangen. Sei einfach das, was *du bist*, vor allen Geschichten, gleich, ob persönlich oder unpersönlich. Das einzige, das sich am Ich, an der Person stört, ist das Ich, ist die Person selbst.

Morgens, wenn du aufwachst, ist bereits etwas wach, *es* schläft nie. Das, was den Alltag mit seinen Anforderungen, den Urlaub am Meer, das Genießen der Stille, Erwachen und Erleuchtung erfährt, ist das, was *du bist*.

Die Quelle aller Erscheinungen ist niemals in Erscheinung getreten, und doch enthüllt sich das offene Geheimnis in der stillen Hingabe an das, was IST.

In allem das Göttliche umarmen

Im Tantra vertritt man die Ansicht, dass durch die Würdigung der Sinne und der menschlichen Erfahrung, dem Ausleben von körperlichen und geistigen Bedürfnissen, die Loslösung aus dem persönlichen Leid und der Idee der getrennten Täterschaft stattfindet und ein freudvolles, erfülltes Leben gelebt wird.

Der Begriff Tantra, das als Kontinuität oder Gewebe von Bewusstsein übersetzt wird, ist letztlich der Hinweis darauf, dass alles Bewusstsein ist. Bewusstsein, das sich in einer kontinuierlichen Bewegung ausdehnt und wieder zurückzieht, um sich in dieser Bewegung selbst zu erfahren. Niemals ist etwas außerhalb dieser einen Bewegung, der Kraft von „Gottes Willen", geschehen.

Auf dem weglosen Weg bist du immer wieder aufgefordert, der Wahrheit deines Herzens, dem unmittelbaren Impuls zu folgen.

Wir begegnen im Tantra dem Paradigma: „Du steigst, wodurch du fällst." Es ist die Einladung unvoreingenommen der natürlichen Bewegung, die jetzt ist, zu folgen, ohne kontrollieren zu müssen und dabei das, was ist, mit allen Sinnen zu genießen, das Leben sinnlich zu schmecken. Gerade das, wovor die religiösen Moralisten und Heiligtuer warnen, kann der Dreh- und Angelpunkt der Selbsterkenntnis sein.

An dem Punkt, an dem Hadern und Zweifeln überschritten sind, stellt sich keine Frage mehr nach richtig oder falsch. Auch wenn es so etwas wie ein Ankommen niemals geben wird, bist du paradoxerweise *Jetzt Hier* schon am *Ziel*. Und wenn es deine Sehnsucht ist, gilt es, dies für dich zweifelsfrei zu erkennen.

Lass den Sucher das Gesuchte sein und sei mit dem, was ist. In diesem klaren, berührbaren Sehen wird sich das, was immer Hier ist, in seiner Tiefe offenbaren. Die stille Akzeptanz und das Daseinlassen dessen, was ist, zerstört die Vorstellungen und Ideen, dass du jemals etwas anderes als DAS EINE sein kannst.

Der anscheinende Punkt im Spiel, der Trennung erfahren lässt und Leid erzeugt, ist die Vorstellung, eine eigenständige, individuelle Person zu sein, die getrennt von den anderen ist und autonom handeln kann. Dies ist einfach nur eine substanzlose Idee, die „Ich-Idee", die oft auch als Ego bezeichnet wird. Die Illusion der eigenen, getrennten Täterschaft und die Idee des freien Willens, gilt es aufzudecken. Damit fallen alle scheinbaren Schleier.

Alles, was erscheint, bist nicht du.
Damit darf alles so sein, wie es jetzt ist.

Mit dieser Haltung wird nichts vermieden oder abgespalten, sondern die Vorstellung der Person als eigenständige, getrennte Wesenheit fällt weg. So wird dem Leben wieder sein freier Lauf gelassen, damit Gedanken und Gefühle auf natürliche Weise durch den Körper zurück nach Hause kommen können. Diese bilderstürmende Haltung des Nicht-Anhaftens und permanenten Loslassens von allem, was erscheint, kann wie ein Sterben erfahren werden. Sterben von Ideen und Vorstellungen, die scheinbare Kontrolle und Sicherheiten bieten.

Es ist eine Einladung in die Freiheit, das Leben in seiner natürlichen Bewegung geschehen zu lassen. Ohne Wenn und Aber mit dem zu fließen, was das Leben im Moment unmittelbar zu bieten hat.

Auf diese einfache Weise verblassen mehr und mehr Gefühle und Gedanken von eigener Täterschaft, die mit Eifersucht, Neid, Stolz, Angst und Schuld besetzt sind. Stattdessen entfaltet und offenbart sich ein Genießen, Berührtsein, Mitfühlen, Staunen und grundlose Freude. Die Bindung an die Welt löst sich und eine Liebe, die in keiner Beziehung steht, kann erfahren werden. Eine Liebe, die gar nicht als Liebe benannt ist, weil Liebe einfach IST. Es geht nicht um eine objektbezogene Liebe oder Akzeptanz. Eher um das Lassen der Dinge.

Der tantrische Witz

Anuttara im Tantra ist der wesentliche Kern, das Eintauchen in die Non-Dualität oder Unterschiedslosigkeit. Anuttara im Sanskrit, das, was keinen Vergleich hat, das Unvergleichliche, „das Höchste".

Da beginnt oft die Krankheit der (falsch verstandenen) non-dualen Lehren, wenn nicht gesehen werden kann, dass dies ein weiterer Aspekt der Dualität ist. Ich will nicht sagen, dass die Reise ins Formlose, Ewige falsch wäre. Falsch ist es nur zu glauben, damit wärst du näher an dir oder an der Wahrheit dran. Nichts bringt dich dir näher, du bist stets du.

Wenn das gesehen werden kann und du erkennst, worin Form und Formlosigkeit, Vergängliches und das Ewige auftauchen, offenbart sich *das Wesen* aller Dinge, das, was Freiheit ist. Und die Möglichkeit ist wieder offenbar, total zu sein und deinem Herzen zu folgen. Jenseits von diesem Gitternetz der Ideen und Vorstellungen, die auf weltlichem Gut und den dahinter liegenden Konzepten von Sicherheit, Anerkennung und Angst gegründet sind. Oder eben jenseits fixer Ideen von Erleuchtung im Formlosen, die mit einem Glauben an ewiges Glück, unendlichem Frieden und anderen substanzlosen Vorstellungen einhergehen, die auf die Zukunft gerichtet sind.

Wir leben in einer Erfahrungswelt, die an Unterschiede gebunden ist, sonst würden wir nichts wahrnehmen. Zustände der Einheit wechseln mit Erfahrungen von Zweiheit ab. Immer wieder aus heiterem Himmel Urlaub in der Hölle und darauf folgend die nächste kalte Dusche, wundervoll. Das ist das Natürlichste der Welt, Sommer und Winter wechseln, so sind die Dinge. Um so weiter dein Horizont, dein (un)persönliches Wahrnehmen ist, um so mehr wirst du sehen von all dem, was ist, von dem, was du willst, wie auch von dem, was du nicht willst.

Schau auf das, was sieht. Das verändert sich nicht. Um genauer zu sein, da gibt es nichts. Da ist immer nur grundlose Wahrnehmung. Gleich, ob darin eine Identität auftaucht oder einfaches stilles Sehen. Gleich, was wahrgenommen wird, das Erleben von Freiheit oder Involvierung, was auch immer, Wahrnehmung ist unverändert. Wie auch die Anwesenheit in allem unverändert ist. Gleich, wie du dich erlebst, als erstes braucht es „*deine*" Anwesenheit, damit du als Person darin auftauchen kannst.

Diese nackte Anwesenheit verändert sich nicht, sie ist immer das, was sie ist. Darin kann Freude, Schmerz, Trauer, Frieden oder Bliss auftauchen. Deine unveränderliche Natur ist unbedingt, ist vor Annahme und Ablehnung, vor Frieden und Unfrieden, sie ist das, was Frieden ist.

Du bist
vor Anwesenheit und Abwesenheit
das, was du bist.
Alles, was auftaucht,
ist Beweis deiner Existenz.

Wenn du das erfassen kannst, kennst du dich als das, was *du bist*; das, was unbedingte Freiheit ist. Nun singe weiter deine Mantren, genieße es zu meditieren, lies Bücher, lebe dein Familienleben, besuche Satsangs, trinke ein gutes Glas Rotwein, setze dich mit politischen und sozialen Themen auseinander, verschwinde im Urgrund oder stürze dich vollständig ins Licht des Gewahrseins und genieße dein Allein-Sein in der Erleuchtung. Tue, was du tun musst, was dir lieb ist und am Herzen liegt.

Wenn du zweifelsfrei bist in dem „Wissen" um deine unveränderliche Natur von Anwesenheit und wenn offensichtlich ist, dass das schon etwas Wahrgenommenes ist, kennst du dich als das, was Freiheit ist. Du folgst deinem Herzen und dem spontanen Impuls, der da ist, du folgst dem, was dir am nächsten ist, was du liebst und genießt. Du musst nichts Besonderes tun oder lassen, weil das LEBEN in allem ist, was es ist, und du dir durch nichts näher kommen oder dich von ihm entfernen kannst. Lass es einfach geschehen. Denn im Passieren wie im Nicht-Passieren, passiert nichts für dich, und nur das ist Freiheit, und jede Freiheit, die meint, etwas zu brauchen, ist das nächste Gefängnis.

Wenn du intelligent bist und über einen klaren Verstand verfügst, könntest du jetzt einwenden, diese Freiheit, von der hier gesprochen wird, braucht ja immer noch das „Wissen" um die ursprüngliche, unveränderliche Natur. Ja, wunderbar, das ist das Spiel. *Unbedingtheit* kann sich nur durch Bedingung zeigen. Absolut bedingungslos in all seinen Bedingungen. Das ist das Letzte, was dir passieren kann. Dann ist der Sucher das Gesuchte und du bist vor jedem Finden und Nicht-Finden das, was *du bist*.

Schau, *die Absolutheit* manifestiert sich als Sehen und Anwesenheit, Wahrnehmung und Raum, als deine ursprüngliche Natur in diesem Spiel. Daraus entstehen die Entfaltung und die gegenseitige Durchdringung von Licht und Energie. Die Einheit von Shiva und Shakti in Bewegung, welche die Welt in all ihren Aspekten offenbart.

Bei Shiva und Shakti, dem Licht und der Energie, beginnen oft erst die verwirrenden, unklaren Lehren und tantrischen Ideen, die mit Erleuchtung hantieren und am Bewusstsein basteln. So wird aus einem materiell fixierten Leben ein spirituell fixiertes Leben, in dem nur das Objekt ausgetauscht wurde. Witzlos, einen Weg zu gehen und dabei seine wahre Natur nicht zu kennen, das macht das Sadhana so traurig. Es ist traurig, die Freiheit und Grundlosigkeit deiner Natur nicht zu erfassen und stattdessen am Weg zu kleben.

Da ist ein Tanz von Moment zu Moment, der Tanz der Leerheit durch die Leerheit, die die absolute Fülle in allem genießt. Das führt Gott sei Dank nirgendwohin, weil es in allem ist, was es ist, und nur das Freiheit ist, was sich durch die Bedingtheit genau so, wie sie sich gerade zeigt, selbst genießt. Das braucht letztlich auch nicht dein Genießen. Das ist das Schöne, du bist frei, so zu sein, wie du bist.

Der Khatvangha – der tantrische Dreizack mit den drei Köpfen im Varayana. Der Knochenschädel, der verrottete Kopf und der frisch abgeschlagene Kopf, bekannt auch als „der tantrische Witz".

Dieses Symbol ist ein schönes Bild und weißt darauf hin, dass alles Geborene schon tot ist. Wir beginnen hier nicht mit etwas Lebendigem. Alles Geborene ist bereits tot. Jede Zelle, die geboren wird, stirbt bereits im selben Augenblick ihres Erscheinens. Alles Kennbare vergeht im selben Augenblick, in dem es auftaucht.

Das bedeutet letztlich, es gibt keine Hoffnung, keinen Ausweg und kein Entrinnen aus der Dualität für das, was in der Dualität ist. Alles Leben bewegt sich in den drei grundlegenden Bereichen. Dass die Hoffnung immer weniger wird, könnte eine Loslösung bringen, die die Freiheit und Grundlosigkeit all dessen, was ist, offenbart. Das ist die Losgelöstheit, die gar keine Losgelöstheit oder eine Lösung braucht und sie auch nicht ablehnt, sollte sie auftauchen, da alles, absolut alles, aus einer totalen Grundlosigkeit erscheint. Das ist der lebendige, anschauliche und ironische Humor des Tantra. Die absolute Freiheit, keine zu brauchen.

Gelebte Praxis

Es gibt nichts zu tun oder zu lassen, lebe! Genieße bedingungslos die *Freude* des Daseins so, wie es sich lebt. Nichts wird dich zur Erleuchtung bringen. Denn alles, was geschieht, ist Ausdruck der Erleuchtung. Wenn sich das grundlegende Verständnis offenbart hat, dass alles im erleuchteten Geist geschieht, es nur dieses ungeteilte Bewusstsein gibt, dann ist alles Ausdruck der Gnade, auch, dass du *Es* nicht siehst.

Doch letztlich ist das scheinbare Missverständnis, dieser Selbstbetrug, dem man doch immer wieder begegnet, die Idee von diesem „Jemand" selbst. Der scheinbare Jemand, der glaubt, dass irgendein Tun ihn zu seiner Erleuchtung führt und sich damit von der Erleuchtung und der Wahrheit, so, wie sie sich zeigt, abwendet. Denn da wird an dem grundlegenden Missverständnis festgehalten, dass da ein Jemand ist, der sich auf den Weg zur Erleuchtung gemacht hat, irgendwann ankommen könnte, um dann endlich im Paradies zu schwelgen, und womöglich anderen noch den Weg zeigt, dorthin zu gelangen. Welch ein absurder Witz!

Dies tief verwurzelte Missverständnis, ein getrenntes Ich zu sein, das nun ins höchste Fahrzeug steigt, um auf direktem Weg zur Erleuchtung zu kommen und vollständig zu erwachen. Diesem Aberglauben ist schwer beizukommen. Der Begriff Erleuchtung oder Erwachen ist letztlich auch sehr missverständlich, denn es ist nichts Phänomenales. DAS braucht keinen roten Teppich und Engelschöre, um zu sein, was es *ist*.

Erleuchtung oder Erwachen ist das unpersönliche Verständnis, dass es keine getrennte Wesenheit gibt. Es ist das intuitive Erfassen, dass es nie¬manden gibt, der etwas tun oder lassen kann. Du den Traum nie betreten hast, da du gar nicht gegeben bist. Das Sehen, dass dies, was ist, der vollkommene Ausdruck des Lebens ist und keine Realisation braucht, da das Selbst in allem vollständig realisiert ist.

Jede spirituelle Praxis führt nicht zur Erleuchtung, sie ist, wie alles, Ausdruck der Erleuchtung, Ausdruck von Mitgefühl, Frieden und sanfter Schönheit. Es ist das Selbst, das eine Praxis in sich hineinlegt, um sich auf diese Weise liebevoll und still zu erfahren. Darum tue keine Praxis, lass sie eine liebevolle Berührung mit dir sein. Eine Einladung des Selbst, sich auf diese Weise in jedem Moment neu zu erkennen und zu genießen. Nur das absichtslose, nichtwillentliche Wirken kann zu diesem Erwachen in den zustandslosen, unveränderlichen Zustand führen. Doch ist das absichtslose Wirken, Handeln und Gelebtwerden eher ein Resultat, das sich einstellt, als dass es eine Methode wäre, die man wirklich üben könnte.

Es gibt keinen Weg.
Alles geschieht grundlos und spontan aus sich selbst heraus.
Es ist das Leben selbst, das sich lebt.

2 Liebe ist ...

Liebe ist ... dass du bist ...

Liebe scheint oft in Beziehungen auf, doch hat sie ihre Wurzeln im tiefen Alleinsein, in der intimen Nähe und Begegnung mit sich selbst. Liebe offenbart sich im sich Beziehen, doch die Quelle der Liebe ist nicht die Beziehung zum anderen. Die Quelle der Liebe zeigt sich im Versinken in der eigenen Stille des Herzens, im Tanz und in der berührbaren Hingabe an das, was ist. Hier spielt es absolut keine Rolle, was du weißt oder nicht weißt. Zu lieben heißt, sich dem Nicht-Wissen, der Ahnungslosigkeit zu stellen und sich in der lebendigen Bewegung dessen, was jetzt ist, erfassen zu lassen und darin deinen einzigartigen Tanz zu tanzen.

Du hast die Möglichkeit, der Liebe und deiner ureigenen Wahrheit immer wieder direkt zu begegnen. Es ist die wundervolle Möglichkeit, dieser lebendigen Bewegung in aller Unsicherheit zu folgen, ganz damit zu sein. Es ist immer wieder der erste Schritt. Immer wieder ein mutiger Schritt, denn du kannst nur nackt und berührbar mit der Frische des Lebens und der Liebe sein. Und weil es immer wieder frisch ist, beschenkst du dich jedesmal aufs Neue mit dem LEBEN selbst, beschenkst du dich jedes Mal mit der LIEBE selbst.

Doch wer sich zurücklehnt und meint, alles ist Liebe, eine Scheinbalance und kontrollierte Neutralität aufrecht erhält, sich mit einem heiligen Schutzpanzer, therapeutischen, esoterischen Vorstellungen umgibt, oder wie eine Seidenraupe in der Stille der Meditation rumhängt, der ist wie jemand, der tot ist, noch bevor er gelebt hat. Der ist wie jemand, der es nicht wagt an der Liebe zu verbrennen, damit nur noch das bleibt, was die Liebe ist und damit ganz im Tanz zu sein.

Es ist so leicht, die Lebendigkeit und Frische der Liebe und des Lebens zu erfahren. Sei einfach mit dem Leben in einer zärtlichen Berührung, als wäre es dein Geliebter. Sei mit dem Stuhl, auf dem du sitzt, als wäre es dein Geliebter. Sei damit in der direkten Berührung, als wäre es dein Geliebter, ohne es zu benennen. Fühle den Raum, als wärst du in deiner Geliebten, die du überall spürst. Atme ein und aus in einer frischen Lebendigkeit und Zartheit, als wärst du deiner Geliebten nah. Und du bist unweigerlich in Liebe.

Berührbar und echt zu sein, ist auch die Einladung für andere, total Mensch zu sein und sich genau so zum Ausdruck zu bringen, wie es gerade ist. Es ist die Einladung total zu l(i)eben, mit allem, was das Menschsein ausmacht, genau so, wie es ist, und im Ozean des DASEINS immer wieder ganz aufzugehen.

Ich bin, wie ich bin, und das ist wunderschön.
Das macht mich dankbar, dafür geliebt zu werden, wie ich bin.
Und ich liebe Dich, weil Du bist, wie Du bist.
Das ist das größte Geschenk für mich als Mensch.

Genau so, wie du jetzt bist, bist du gewollt, wunderschön und absolut liebenswert. Wir sind bedingt durch unser Aussehen, unser Verhalten, Denken, Fühlen, unsere Angewohnheiten, Werte, Vorlieben, Abneigungen, Ängste, Stärken, Schwächen. All das macht uns aus. All das macht uns liebenswert als Mensch. Nicht für jeden. Aber für die „Richtigen", wenn wir zu uns stehen und so sind, wie wir sind. Wir müssen nicht an uns „arbeiten", wesentlich ist, die Schönheit zu sehen, die da ist und sie hereinzulassen, zu spüren. Wir sind vollkommen und wunderschön. Dies zu sehen, lässt uns auf wundervolle und einzigartige Weise erblühen.

... Liebe ist ...
Wahrnehmung der Schönheit des Moments ...
Tanz mit der Unendlichkeit, nie festzuhalten, nie sicher ...
mit dem Verstand nicht zu erfassen ...
Deine Anwesenheit ist ein Akt unendlicher Liebe ...
Liebe ist, wenn dir nichts mehr einfällt ...

Jede Form ist bedingt und nur so können wir uns erfahren. Bilde dir nicht ein, dass du dich hundertprozentig auf deinen Partner einlassen könntest oder dein Partner auf dich. Die Person wird sich nie vollständig auf eine andere Person einlassen können. Sich vollständig einzulassen, bezieht das Nicht-Einlassen mit ein. Es ist die totale Berührung mit dem, was ist. Ehrlich und aufrichtig zu sein mit dir und deinem Geliebten, ebnet den gemeinsamen Pfad.

Beziehung wird nie perfekt sein. Wir werden uns immer wieder am anderen stören, das ist das Schöne. Das sich Stören macht uns wach und aufmerksam für den Moment, lädt uns ein neu mit dem, was ist, in Berührung zu kommen. Wenn wir nicht anfangen zu basteln, zu analysieren, oder uns mit Vorstellungen vom Werden umgeben, holt es dich in die direkte Erfahrung, hier auf dem Marktplatz, mitten im Leben selbst, holt dich nach Hause und lässt dich in der Bewegung des Lebens tanzen. Schau DEM, was ist offen und berührbar in die Augen. Dafür braucht es kein besonderes Setting, keinen Guru, Therapeuten oder ähnliches, und es lehnt es auch nicht ab. Nur die Bereitschaft, das zu sein, was du bist, und sich in der direkten Begegnung der Liebe offen berührbar hinzuwenden, einfach jetzt da zu sein, das genügt vollkommen. Denn hier offenbart sich die Vollkommenheit in ihrer Manifestation, genau so, wie es gerade ist.

In der lebendigen Berührung mit dem Leben geschieht das, was an Heilung gebraucht wird. In dem intuitiven Wissen, dass das, was du bist, immer heil und wunderschön ist, genau so, wie es sich jetzt zeigt, in jedem Moment.

*Das, was Heilung bringt, ist nicht: geliebt zu werden,
auch wenn es eine gute Voraussetzung schafft.
Es ist das Lieben, das heilt.*

Scheint uns die Beziehung wirklich wertvoll und soll sie von lebendiger Spannung getragen sein, ist es wichtig, dass beide Partner den Mut und die Aufrichtigkeit besitzen, miteinander in einer einfühlenden, liebevollen Präsenz offen dem zu begegnen, was jetzt da ist.

Dies ist die Grundlage, wenn der Wunsch nach wirklicher Begegnung und intimer Nähe vorhanden ist und das Interesse aneinander am Leben bleiben soll. Dies ist keine Versicherung, dass man auf ewig zusammen bleibt. Es ist das Möglichste, was man tun kann, um eine Beziehung lebendig zu halten. Damit das Feuer der Liebe und der Leidenschaft am brennen bleibt.

Wenn man mit jemandem total gelebt und geliebt hat, nicht auf Probe oder um gemeinsam ein bisschen Spaß zu haben, sondern einfühlsam am Leben gemeinsam gewachsen ist und rückhaltlos zusammenbleibt mit dem, was ist, dann passiert nichts, wenn der andere sich verabschiedet. Kein Drama, keine Bindung, an der man leidvoll klebt. Dann ist da eine Hingabe, ein wacher und mutiger Tanz, der Trauer und Freude umschließt, eine Dankbarkeit für das, was man gemeinsam erleben durfte, und ein Genießen des jetzigen Moments, genau so, wie er ist.

Die unerträgliche Schönheit der Liebe

Die Person wird niemals lieben können, wird niemals ertragen können, was Liebe ist. Denn die Person ist einfach nur eine konstruierte Idee, die auf gedanklich konditionierten Gebäuden aufgebaut ist. Vielleicht hat die Person eine (l)imitierte Idee von Liebe, mehr aber nicht. Denn in dem, was Liebe ist, und in der direkten Erfahrung, so, wie sie sich zeigt, verliert die scheinbare Person ihre Substanz. Du wirst spontan von der

Liebe oder jedem anderen unmittelbaren, lebendigen Gefühl, von der unmittelbaren Erfahrung erfasst und verschwindest darin.

Lass die Person hinter dir, lass dich berühren von dem, was ist. Wehre dich nicht gegen den Fluss des Lebens, der dich wieder zurückholen möchte. Genieße das, was ist, und sei in all dem, was du unbedingt bist. Du kannst die Liebe niemals halten oder besitzen, du kannst sie nur sein. In dieser Grundlosigkeit von all dem, die keine Stützen braucht, offenbart sich Unschuld und Leichtigkeit, die mit dem ist, was ist. Das ist die Kreuzigung der Person und die Auferstehung des Ungeborenen, Absoluten im Tanz des Lebens. Du wirst wieder zum Kind, einfach Mensch, Schönheit selbst, so, wie du bist.

Berührbarkeit

In der nackten Begegnung sind wir offen, berührbar und verletzlich. So zeigt sich unsere Natur.

Wir halten uns gerne im Hintergrund an Ideen von Liebe, Heilung und Erwachen, um uns zu schützen, die Angst und die Verletzlichkeit nicht zu spüren, sind lieber in einer isolierten Weite, um nicht wirklich vom LEBEN berührt zu werden.

Nur Ideen und Vorstellungen, wie es sein sollte, treiben uns ins Versteck, um noch zu werden. Doch du bist absolut liebenswert, genau so, wie du jetzt bist.

Versteckt vor dem eigenen Menschsein mit Ideen über Liebe, Heilung und Erwachen, dies sind die tückischsten Vorstellungen, denn sie geben vor zu befreien. Doch das, was du bist, braucht keine Befreiung, da du nicht gefangen bist.

Kein Innen, kein Außen, immer ist es DAS. Befreie einfach den Gedanken, der zur Erleuchtung will und du bist augenblicklich frei. Sei einfach genau so, wie du bist! Das hier ist der natürliche Zustand, so zeigt sich deine Natur.

Du bist niemals von DEM getrennt, was du seit Ewigkeiten bist, außer in Vorstellungen, die scheinbare Mauern ziehen. Du musst die Mauern nicht einreißen, sondern nur erkennen, was sie sind. Scheinbare Mauern, Ideen und Vorstellungen, die auf einem Irrglauben beruhen und in sich völlig substanzlos sind. Was willst du mit einem Erwachen, wo du nie geschlafen hast?

Es drückt sich durch das Menschsein aus. Offen, berührbar, verletzlich, (un)vollkommen und absolut liebenswert, genau so, wie es jetzt ist. Lebe dein Leben in Leidenschaft und genieße, was ist!

Sei einfach, wie du bist. Das hier ist der natürliche Zustand. Dafür musst und kannst du nichts tun, weil du bist, was du bist, genau so, wie es jetzt ist, und das kann nicht anders sein, sonst wäre es so. Hier offenbart sich die Schönheit und Vollkommenheit, die du suchst.

Form ist Leere, Leere ist Form

Sehe ich meine Geliebte, sehe ich Leerheit, in ihrer Fülle und Schönheit. Offenbart sich Leerheit, so erscheint darin meine Geliebte, um mir die Leerheit des Raumes zu offenbaren. Beides Ausdruck des Absoluten, das Alles und Nichts hervorbringt.

Leerheit ist die erste Erscheinung, die erst durch die Form sichtbar wird. Fällt die Bindung an die Person weg, zeigt sich durch die Form die Leerheit aller Dinge in der totalen Fülle dessen, was ist. Das Selbst beschenkt sich in einer liebevollen Berührung mit dem, was ist, mit sich selbst. Mitgefühl, Liebe und Zartheit tränkt den Raum der Möglichkeiten.

Sobald die Leerheit aller Dinge in den Vordergrund rückt, du damit intim bist, kann es spontan passieren, dass du vom *absoluten Nichts* verschluckt wirst. Wenn es so sein soll, kennst du dich zweifelsfrei als dies, was Liebe, Freude, Einheit und totale Wachheit ist, aber keine dieser Erfahrungen braucht, um das zu sein, was du bist. Denn das, was *du bist*, ist keine Erfahrung. Du bist immer *davor*. *Du bist*, was Erfahrung ermöglicht. Vor allem, was erscheint, in der totalen Berührung mit dem, was ist. Doch nutzt du den Moment aus Liebe zu dir und beschenkst dich mit Schönheit, Sanftheit und Liebe. Du genießt dich in dem, was IST.

Das Absolute manifestiert sich in Leere und Form. Weder an dem einen noch an dem anderen festzuhalten, offenbart eine Leichtigkeit, in der kommen kann, was kommt, und gehen kann, was geht – DU in allem bist, *was du bist*.

„Gate gate paragate parasamgate bodhi svaha."

Gehen, gehen, über das Gehen hinausgehen,
über das Hinausgehen hinausgehen,
alles hingebend an das *absolute* SEIN.

Göttliche Intimität

Viele Menschen kennen die Erfahrung, sich für einen ewigen Moment aufzulösen, völlig zu vergessen, mit allem zu verschmelzen und gleichzeitig jenseits von allem, was objektivierbar ist zu sein.

Es gibt viele Berichte davon, dass das Erkennen oftmals jenseits jeder spirituellen Praxis geschehen ist. Dass es ganz unerwartet kam, bei einem Spaziergang, beim Sitzen am Bahnhof, im einfachen So-Sein. Aber auch oft am unabsehbaren Ende einer tiefen Krise, in der schon alles verloren schien, man ohne Hoffnung das letzte Stückchen Leben in Gottes Hand gelegt hat, in der kein Gedanke mehr an Vergangenheit und Zukunft Platz hatte. Einfach dies hier, in dem jedes „Ich", „Dein" und „Mein" untergegangen ist, sich offenbarend als DAS, was nicht wirklich in Worte zu fassen ist. Denn direkte Erfahrung, unmittelbare Wahrnehmung und spontanes Handeln und Geschehen gehen dem unterscheidenden Denken voraus und kennt keine Benennungen.

Diese spontanen Offenbarungen der Unendlichkeit sind Einladungen, tiefer zu gehen, sich zweifelsfrei zu erkennen und es nicht nur bei einer Erinnerung und der Idee vom Werden oder gar intellektuellen Wiederholungen zu belassen.

Genauso können diese Erfahrungen spontan, durch Meditation, tiefes Verstehen in der Selbsterforschung, berührbarer Begegnung im Satsang, oder bei sich Liebenden in der sexuellen Vereinigung auftauchen.

Manchmal handelt es sich dabei um sehr kurze Augenblicke der Offenheit und des Erwachens, andere Male sind es einschneidende Ereignisse, die ein ganzes Leben verändern und vollständig neu ausrichten, weil nicht mehr zu leugnen ist, was „du bist". Diese Erfahrung kann nicht gemacht oder herbeigeführt werden. Es ist immer ein spontanes Geschehen und jedes Habenwollen verhindert es, denn Habenwollen ist Kampf und Krampf im Verstand und verschließt scheinbar das torlose Tor.

Und doch ist es wertvoll, sich hinzuwenden, sich dort hinzubewegen, wo es sich leichter offenbaren und vertiefen kann. Ganz einfach und direkt können wir immer wieder den denkenden Verstand verlassen und in die konkrete Erfahrung, in das Gefühl zu sein, eintauchen. Das ist die direkte Einladung, sich als das, was Bewusstsein ist, zu erkennen und einen offen Zugang in die Unendlichkeit des Formlosen zu schaffen.

Ohne tantrische Techniken können wir entdecken, dass die berührende, liebevolle Begegnung zweier Menschen ein Tor ins ungeteilte Bewusstsein sein kann. Ein Tor, das uns bedingungslose Liebe, Leichtigkeit und Freude offenbart.

Der Körper verschwindet, wenn der Verstand hier zurückgelassen wird, denn es sind keine Grenzen mehr vorhanden. Es erscheint kein Ich mehr. Es ist einfach die nackte und direkte Erfahrung mit dem, was ist. Der

Ich-Gedanke hat sich quasi in Luft und in Lust aufgelöst. Es gibt keine Liebenden mehr, es gibt nur noch das, was Liebe ist, ein Geschehen des Lebens.

In vielen religiösen Traditionen wurde Sexualität zutiefst als ein wundervoller Ausdruck der Spiritualität angesehen, um die Vollkommenheit von allem, was ist, zu erkennen und zu genießen. Schließlich werden wir in der ekstatischen Umarmung sexueller Liebe und der totalen Berührung über uns Selbst hinausgetragen. Tantriker, Weise und wahrhaft liebende Menschen haben seit jeher den Genuss der Sexualität genutzt, um in allem aufzugehen und sich als die Quelle von allem und nichts zu erkennen.

Der Verstand, der an die äußeren Ideen fixiert ist, hat Angst davor, das Ich mit all den Ideen und Vorstellungen und den Körper zu verlieren. Aber in einer intimen, natürlichen und berührenden Begegnung passiert es auf sanfte und liebevolle Weise, denn es ist das Natürlichste, was es gibt. Wenn du schaust, kannst du auf der einen Seite das Gesicht, den Körper deines Geliebten sehen. Wenn du auf dich schaust und Wahrnehmung einfach da sein lässt, ist da kein Gesicht in der konkreten Wahrnehmung, sondern offener Raum, ursprüngliches reines Sein, in dem all dies erscheint.

Wahrnehmung kann nach außen gerichtet sein und sich auch dem Ursprung zuwenden und von dort den offenen Raum des Lebens durchdringen. Ist der Mut und die Bereitschaft da, sich dem unbekannten, ewigen, offenen Raum zuzuwenden, wird das Leben mehr und mehr zu einem Staunen, Wundern und sich selbst genießen. Es ist das größte Geschenk, das du dir machen kannst. Du bist Gott endlich wieder spürbar nah, badest in sein-er Liebe.

Da die Identifikation mit dem Körper, einem bestimmten körperlichen Bereich oder einer bestimmten feinstofflichen Energie weggefallen ist, stellt sich nichts mehr zwischen den Zeugen und das Bezeugte. Anstatt einer frontalen, konfrontativen Begegnung, bei der sich zwei Menschen berühren, ergibt sich eine völlig neue Annäherung. Es offenbart sich totale Berührung, in der sich der Raum selbst berührt und bedingungslose Liebe, Frieden und die Grundlosigkeit des ungeteilten Bewusstseins offenbart.

ES ist unberührt wie der Horizont, der immer weiter zurückweicht, wenn wir uns ihm nähern. Wenn wir uns diesem Ozean anvertrauen, verliert die Vernunft und die Idee von Kontrolle ihre scheinbare Wirklichkeit. Es offenbart sich das, was LEBEN ist. DIES lebt sich in totaler Leichtigkeit und Freiheit, da es immer in allem ist, was es IST.

Solange wir uns auf den Körper-Verstand-Emotions-Organismus begrenzen, ist nicht der Raum da, der eine wirkliche Begegnung und völlige Verschmelzung zulässt. Aller Raum wird begrenzt durch die Idee, dass ein Ich einem anderen Ich begegnet. Die meisten Menschen erfahren den Umgang mit ihrem Partner als Austausch von Gedanken, Gefühlen und Erfahrungen, ein energetischer Austausch zwischen zwei getrennten und eigenständigen Wesen, die sich durch ihre Begegnung gegenseitig trösten, nähren und helfen. Auf dieser persönlichen Ebene ist der andere oft dafür da, das eigene Mangelgefühl auszugleichen. Doch intuitiv ist jedem klar, dass es eine tiefere und erfüllendere Möglichkeit gibt, sich zu begegnen.

Offenbart sich spontan die totale Fülle in der Leerheit aller Dinge in dem intuitiven Erkennen, dass es nur ein ungeteiltes Bewusstsein gibt, in dem alles geschieht, offenbart sich zweifelsfrei, dass es kein aus sich heraus existierendes Wesen gibt. Dann ist nichts mehr so, wie es schien. Das Konzept, der Partner und die anderen Menschen seien von mir getrennte Wesen, fällt zusammen. Hier wird offensichtlich, dass wir nichts mit unserem Tun steuern, nie etwas getan haben. Es gibt keinen Handelnden, nur Bewusstsein, das sich lebt. Das Konzept des Egos als Steuermann offenbart sich als unwirklich. Schuld, Angst und Scham lösen sich in ihrer Zeit, da offensichtlich ist, dass es keinen Besitzer dieser Erfahrungen gibt, der daran halten könnte, nirgendwo. Das Ego war und ist immer nur ein vorgestelltes Bild, das gelebt wird, damit Leben in dieser Form stattfinden kann. Einmal hinter den Vorhang geschaut und zweifelsfrei gesehen, ist da einfach nur eine Leichtigkeit, die mit dem ist, was ist. Wir sehen nur noch das, was ist, und das ist totale Freiheit.

Die Erfahrung solch tantrischer Verschmelzung und das Erlöschen des Ich ist jedem möglich, der sich innerlich gerufen fühlt und den Herzenswunsch nach Freiheit, Wahrheit und Liebe hat.

Wenn sich die Trennung als Illusion von Ich und Du offenbart hat, tun wir nicht mehr so, als wären wir etwas, was wir nicht sind. Wir erwarten nichts mehr und das, was ist, darf so sein, wie es ist. Allem wird gestattet hier zu sein – nicht als Übung, sondern weil das, was ist, nicht anders sein kann, als es ist.

Haben wir einmal von diesem paradiesischen Geschmack gekostet, wollen wir mehr davon, versuchen alles mögliche, Seminare, Satsang, Retreats, Meditationen, Techniken usw., um diese besondere Erfahrung wieder zu bekommen. Aber so funktioniert das nicht. Solange die Suche auf etwas Besonderes, einen Zustand eine Erfahrung gerichtet ist, entzieht es sich, denn das Habenwollen steht dem im Weg und verklärt den Blick auf das, was bereits ist. Lässt nicht sehen, dass es bereits ist, was es ist, so, wie es IST. Mit anderen Worten, GOTT drückt sich gerade genau so aus mit dem, was ist. Dies hier, schau doch und genieße!

Solange es Kontrolle gibt (Atem-, Energie-, Orgasmus- oder Geisteskontrolle), um etwas zu erreichen, sind wir auf einem Weg von A nach B und verleugnen damit die Schönheit und Vollkommenheit dessen, was ist, genau so, wie es sich gerade zeigt. Jeder Wunsch und jedes Streben nach Einheit hält in Dualität gefangen. Solange wir an den Vorstellungen festhalten, wie unser Leben sein sollte, wie wir sein sollten, und darin Unvollständigkeit erkennen, werden wir unser eigenes Gefängnis schaffen. Haften wir an den Worten, die in Tantra-, Tao-, Zen- oder Advaita-Büchern stehen, hängen wir in unserem persönlichen Gefängnis fest und sehen nicht, dass Freiheit bereits da ist und es niemals etwas anderes gibt. Solange versucht wird, all die Experten und Lehrer nachzuahmen, besser zu werden, zu Meistern zu werden, zu erwachen, halten wir uns im Käfig gefangen und verstärken letztlich nur noch die Bindung an die Ich-Idee.

Es spricht nichts gegen all diese Wege und esoterischen Praktiken, solange deutlich ist, dass dies nur eine traumhafte Exkursion ist. Wenn wir den Wunsch nach Einheit, Verschmelzung und Erleuchtung sein lassen, können wir all das aus einer ganz anderen Perspektive sehen. Wir lassen Kontrolle, Unterdrückung und all die Versuche zu werden hinter uns, und geben uns dem Leben einfach hin mit dem, was es uns gerade schenkt. Vielleicht schenkt es ein Gipfelerlebnis, auf die die nächste Talfahrt folgt, oder umgekehrt – was auch immer. Das Leben ist in Bewegung. Die Leichtigkeit und die Befreiung ist das Erkennen und tiefe Akzeptieren, dass es immer das ist, was es ist. Und die Idee irgendwann am Gipfel zu sein, für immer da oben, immer in Frieden, glückselig, ist nur eine schöne Idee des Verstandes, der etwas Starres herbeiziehen will, weil er im natürlichen Fluss des Lebens so, wie es ist, keine Chance hat.

Es ist nur das, was ist und es geschieht das, was geschieht. In solch einem gemeinsamen Raum der Begegnung hat das Leben die Gelegenheit, sich vollständig auszudrücken mit dem, was ist. Unser Geliebter darf einfach da sein mit dem, was ist.

Es muss keine besondere Bedingung erfüllt werden, um liebvolle Aufmerksamkeit zu erhalten. Das ist für beide Partner sehr befreiend und auch für jegliche Begegnung, die von Offenheit getragen ist, sehr wertvoll.

Auch wenn sich die Beschreibungen hier vielleicht besonders anhören mögen, so lässt uns doch dieses So-Sein-Lassen immer menschlicher werden und doch ist es in dieser „Haltung" offensichtlich, dass es die absolute Leerheit ist, die sich selbst begegnet und sich durch die Fülle des Daseins erfährt. Es ist das Leben selbst, das mit sich spielt. Es ist Bewusstsein, das mit Bewusstsein spricht, und sagt: „Schön, dass du bist, ich liebe dich."

Doch wir sind nicht abhängig von „anderen", nicht von unseren Geliebten, Gurus, Meistern oder Lehrern, denen wir begegnen können, um das Grenzenlose zu erfahren und darin einzutauchen. Die Offenheit des Raumes ist immer gegenwärtig. Der direkteste Zugang ist das stille, berührbare Verweilen in dem einfachen Gefühl zu *sein*. Wir sind einfach still und spüren erst den Körper mit dem, was jetzt da ist. Dies weitet sich ganz natürlich aus auf den Raum und das, was geschieht, so, wie es gerade ist. So verschenken wir uns förmlich an uns selbst und tun doch nichts.

Das erfordert, losgelöst von uns selbst zu sein, losgelöst von dem, der unruhig oder still ist. Da geschieht einfach ein Sehen von Gedanken, Gefühlen, ein Erleben des Körpers und des Raumes, der Unauslotbarkeit der Erfahrungen, so, wie sie sind. Ein Daseinlassen in einem berührbaren Sehen. Darin wird das Zeitlose dessen, was ist, offensichtlich.

All die Muster erscheinen, verändern sich, kommen und gehen, das Leben erscheint in einem neuen Kontext. Doch der Raum, worin all das erscheint, ist unbewegt und still. Der Hintergrund all dessen ist hier und jetzt ganz offensichtlich und tritt mehr und mehr in den Vordergrund. Im letztlichen „Erkennen" ist es unabhängig von der Perspektive immer das, was es IST.

All dies hat, wie gesagt, nichts mit einem geheimen oder sexuellen Yoga oder Tantratechniken zu tun. Hier geht es einfach nur um die Berührung mit der atemberaubenden Größe und Schönheit des Gewöhnlichen. Die Erfahrung dessen, was ist. Das, was bereits unmittelbar hier ist.

Es ist einfach Mitgefühl da für das, was ist, so dass unsere persönlichen Erwartungen und Ziele an Bedeutung verlieren, mehr und mehr in den Hintergrund treten. Und seltsamerweise spüren wir darin, ohne die Ideen von ich und mein, einfach wir selbst zu sein. Das Leben verwandelt sich in eine Hingabe an das, was ist. Die Suche nach Liebe kommt zur Ruhe. Die Liebe verliebt sich wieder in sich selbst, ist einfach mit dem, was ist.

Karuna, wahres Mitgefühl, eine der Kernbotschaften des Buddhismus, sowie jeder anderen spirituellen Tradition, ist ganz natürlich da, ohne den Drang, die Menschen oder sich verändern zu wollen, ohne die Idee, ein „guter Mensch" sein zu müssen.

In dem was ist, ist grenzenlose Schönheit.
Genau da wo du bist zeigt sich das Wunder des Lebens.

Total intim in der sexuellen Berührung mit dem, was ist

Wir dürfen unsere Vorstellungen und Ansprüche, wie wir beim Sex und in der Begegnung sein sollten, fallen lassen. Jeder Mensch ist einzigartig und wunderschön, so, wie er ist, und hat etwas auf eine ganz einmalige Art zu geben. Wir müssen uns auch nicht von modernen Sexual- und Beziehungsexperten beschwatzen lassen, dass wir „mit unserer Männlichkeit oder unserer Weiblichkeit in Kontakt" treten müssen, dies ist bereits hier so, wie es ist. Diese Ideen von „zutiefst männlich" oder „zutiefst weiblich" sind das nächste Gefängnis, denn letztlich sind es nur Ideen im psychologisierten Verstand. Tantra hat nichts mit dem denkenden und analysierenden Verstand zu tun, sondern mit der unmittelbaren Erfahrung, so, wie sie sich zeigt, ohne Interpretationen darüber.

Wir müssen nicht definieren oder auch nur wissen, was es ist, männlich oder weiblich zu sein, weil männlich zu sein oder weiblich zu sein einfach das ist, was ist. Das ist für jeden, der einen Geschmack von Tantra hat, offensichtlich erfahrbar. Wesentlich ist es, du zu sein, so, wie du jetzt bist.

Tantra ist fundamental sexuell. Ein Tantriker ist mit allem in sexueller und intimer Berührung. Tantriker, die an wirklich tiefer Erforschung interessiert sind, erforschen die non-duale Matrix der Ich Bin'heit und tauchen durch die Form in die Leerheit und durch die Leerheit in die Form, und kennen sich als die *unveränderliche Quelle, zeitlos*, jenseits aller Dinge und Zustände.

Wer den Mut hat, die tantrische Reise wirklich anzutreten, wird mit undenkbaren Höhen und Tiefen konfrontiert, bis Loslassen geschieht, *es* geschieht. Die Reise dehnt sich aus in die dramatischen Dimensionen des Tanzes der Hingabe an das, was ist. Einsamkeit, Trauer, Angst, Scham und Schuld verwandeln sich in objektlose Liebe, Frieden und die stille Freude, hier zu sein. In dem einfach das, was ist, ganz da sein darf genau so, wie es ist. Wir sind total intim in der weiten und subtilen sexuellen Umarmung des leuchtenden Moments, mit all dem, was darin auftaucht, und entziehen uns nicht der unmittelbaren Erfahrung, leugnen nicht, was ist, sondern sind damit in einer liebevollen Berührung.

Es ist unmöglich zu bekommen, was wir wollen. Es zeigt sich, indem wir bekommen, was wir nicht wollen. Die Möglichkeit, Vollständigkeit zu finden, liegt nur in uns. Da können wir schauen, anstatt zu versuchen, die Vervollständigung durch andere scheinbar (un)vollständige Menschen zu finden. Vollständigkeit ist immer da und im permanenten Tanz der Veränderung.

Sich zu verlieben, ist eine Einladung, in die Größe deiner Natur einzutauchen und die Schönheit, frei von romantischen Vorstellungen, in allem wieder zu entdecken. Wenn es möglich ist, unsere inneren Qualitäten zu erfassen und nicht am Mangel und am Schatten der Begegnung hängen zu bleiben, offenbart sich das Wunder der Schönheit dessen, was ist. Der Genuss sich zu verlieben und zu lieben, ist die wundervollste Chance, das größte Geschenk, dass das Leben zu bieten hat.

Mitgefühl

Menschliches Mitgefühl beginnt bei dem Mitgefühl für sich selbst. Damit ist nicht Selbstmitleid oder narzistische Selbstbeweihräucherung gemeint, sondern das Einfühlen in das, was ist und das intuitive Verstehen, dass nur BEWUSSTSEIN oder GOTT ist, das handelt und alles belebt. Mitgefühl ist das berührbare Sehen dessen, was ist.

Ist die Bereitschaft und Möglichkeit gegeben Mitgefühl zu entfalten, so beginnt diese Reise der gefühlvollen und intimen Berührung immer bei dir, der konkreten Erfahrung, wie es gerade ist und dehnt sich aus sich heraus immer auf das Ganze aus.

Sei einfach, was du bist, so wie du jetzt bist, denn du bist absolut wundervoll. Du musst nicht anders sein, lebe einfach. Dies wird dich von den Vorstellungen und Ideen des Verstandes befreien und den Herzknoten „Ich" zerschlagen.

So, wie das Leben sich jetzt zeigt, ist es absolut gut, sonst wäre es nicht so. Du bist wunderschön, genau so, mit deinen Stärken wie mit deinen Schwächen, mit deiner Unvollkommenheit wie mit deinen Talenten und Fähigkeiten, die dir geschenkt wurden. GOTT irrt sich nicht. Du wirst jetzt genau so gebraucht, wie du gerade bist.

Über die Liebe

Könnte es auch sein, dass die Liebe in und um uns ist, und das Suchen danach im Außen ein kompletter Blödsinn?

Kompletter Blödsinn, ja! Es ist das, was ist, sagt die Liebe. Die Liebe ist in und um uns der Raum, in dem alles geschieht, objektlose Liebe. In diesem Raum, genannt Leben, offenbart sich Suchen und Finden, Innen und Außen, Liebe und Nicht-Liebe, damit sich das, was LIEBE ist, erfahren kann.

Was spürst du, wenn du deine Augen schließt?

Das, was ist, so, wie es sich gerade zeigen möchte.

Warum fühlt sich das bei einem Mann so gut an und bei einem anderen nicht?

Weißt du, ein Magnet fragt sich nicht, warum ziehe ich nur Büroklammern und Reisnägel an und nicht auch die kleinen Notizblöcke auf dem

Schreibtisch oder gar alles. Warum stoße ich anderes sogar ab? Weil es so ist, ganz einfach.

Sollte ich dies einfach akzeptieren?

Die Akzeptanz und die Nichtakzeptanz, die sich durch dich und das Leben zeigt, das ist Akzeptanz. Das schafft Raum, Zwischenraum, und öffnet für die Liebe und das Lassen der Dinge. Als Erfahrung ist die Liebe sicherlich immer temporär und doch das größte und wundervollste an Erfahrung, das wir machen dürfen.

Wo ist die Mitte?

Vielleicht in deiner Wahrheit und in dem respektvollen und aufrichtigen Umgang mit dir und dem Gegenüber.

Ich will lieben ohne zu brauchen und auch ohne das Bedürfnis, selbst gebraucht zu werden.

Wir können einen gewissen Grad an Freiheit erlangen, aber das menschliche Leben ist immer bedingt und diese Begrenzungen und Bedingtheiten, die Schönheit, die sich darin offenbart, ist genau das, was uns anzieht und abstößt. Nur so offenbart sich diese menschliche Liebe. Sie zeigt sich in Stärken und Schwächen auf beiden Seiten und entfaltet sich in der berührbaren Begegnung und dem Lassen von dem, was ist seine einzigartige Schönheit.

Ach, hätte ich einen Wunsch, ich wünschte, ich wäre frei von der Sehnsucht nach Liebe!

Das ist das Schönste, was du sagst. Damit befreist du dich von allem. Der Wunsch arbeitet für sich selbst, in seiner Zeit, liebe einfach die Liebe. Genieße das Leben mit all den Fragen und seiner Fragwürdigkeit, relax, sei mit dir und dem Leben in Berührung. Akzeptiere das, was ist, tue dein Bestes und tanz mit.

Die wichtigste Liebesbeziehung

Die längste und wichtigste Liebesbeziehung haben wir zu uns selbst. Jeden Morgen wachst du doch mit dir auf. Du bist dein treuester Freund und Geliebter.

Mit dir musst du durch dick und dünn, ob du willst oder nicht. Dies ist die Liebesbeziehung, der du immer wieder deine ganze Aufmerksamkeit schenken kannst. Komm einfach liebevoll zu der direkten Erfahrung zurück, der Erfahrung, dass Du *bist*.

Vielleicht ist gerade kein Liebespartner, jemand, der dir Liebe schenkt, für dich da. So kann das eine Einladung für dich sein, die Liebe in dir selbst zu spüren, sanft mit dir zu sein. Wenn du still sein kannst mit der Sehnsucht, der Verzweiflung, der Traurigkeit, der Freude, der direkten Erfahrung, so, wie sie sich zeigt, wenn du zum Gesuchten wirst, wird die Süße der Hingabe und die Liebe ganz offensichtlich zu deinem Begleiter.

3 Alles, was ist, ist Bewusstsein

Die ultimative Medizin

Wenn du wissen willst, was du wirklich bist, musst du zuerst wissen, was du nicht bist. Du bist nicht das, was du wahrnimmst, fühlst und denkst. Du bist nicht das, was kommt und geht.

Was ist es, das sich nie ändert,
nie geboren wurde und niemals sterben kann?
Sei der Zeuge all dessen, was wahrnehmbar ist!
Was ist das, was all das sieht?
Was ist es nicht?

Was du über das Gesehene denkst, ist Interpretation!
Was aber liegt hinter jeglicher Interpretation?
Was kann nicht interpretiert werden?
Was bleibt, wenn alle Vor-Stellungen zurückgelassen werden?

Die Erfahrung, dass du bist, das Gefühl „Ich Bin" ist zeitgebunden. Du weißt, dass du bist, du kannst es wahrnehmen, du kannst es bezeugen. Doch wer bezeugt das Bezeugen?

Bewusstsein, das „Ich Bin", ist zeitgebundenes Erleben. Wenn du im Tiefschlaf bist, ist nichts mehr davon vorhanden. Dann am Morgen kommt es wieder spontan über dich, erst dann kommt der Körper und die Welt. Jeden Morgen, mit diesem scheinbaren Aufwachen, wickelt es sich so ab. Überprüfe das für dich.

Wenn du herausfindest, was es ist, was nicht zeitgebunden ist, was „vor" dem Erscheinen des „Ich Bin" und damit „vor" dem Erscheinen des Bewusstseins anwesend war, hast du das Rätsel gelöst. Doch für den Verstand wird es keine Antwort geben.

Ist das Rätsel einmal und zweifelfrei gelöst, ist das die ultimative Medizin, diese vollständige Erkenntnis, immer „vor" allem zu sein, was auftaucht, und in allem das zu sein, was *du bist*, das ungeborene Selbst, das Absolute, das nicht sterblich ist.

Akzeptanz

Die scheinbare Bedingung, um zu DIR selbst zurückzukehren, ist, die Person mit allem, was ist, so zu akzeptieren, wie sie ist.

Akzeptanz geht über die Vorstellung und das Gefühl von Akzeptanz hinaus. Denn GOTT braucht nicht deine Akzeptanz, um das zu sein, was ER ist. Deine Natur ist totale Akzeptanz.

Das heißt, die Person kann nicht akzeptieren, dass sie so ist, wie sie ist. Vielleicht identifiziert sie sich mit spirituellen oder weltlichen Ideen, die gerade nicht erfüllt werden können. Die Person hängt an der Vorstellung, es müsse anders sein. Wunderbar, DAS ist es, auch dieses Identifizieren mit diesen Ideen, auch dieses Hängen an dieser Vorstellung ist der vollkommene Ausdruck DESSEN, so, wie es sich jetzt zeigt.

Es ist einfach das Hinwenden, Sehen und sich berühren lassen von dem, was ist. Es ist das berührbare Sehen, dass keine Akzeptanz da ist. Mehr Akzeptanz und berührbares Sehen, wie jetzt ist, ist gar nicht möglich und wird auch nicht gebraucht, sonst wäre es da. Das ist AKZEPTANZ.

Alles andere sind die Ideen des Verstandes, der sich im Werden gefangen halten möchte, um nicht seine persönliche Macht und Kontrolle zu verlieren und um weiterhin die Schönheit GOTTES zu leugnen, die gerade ist.

Das, was ist, ist Ausdruck von Akzeptanz, genau so, wie es IST. Es geht also gar nicht um deine Akzeptanz, denn *du bist* AKZEPTANZ. Weil *du bist,* erscheinen Akzeptanz und auch Nicht-Akzeptanz.

Du bist die nackte Anwesenheit *vor* allem, was ist und nicht ist. Wie kannst du das nicht sein? Das bist du in allen Zu- und Umständen, bedingungslos. Sei es zweifelsfrei und lass alles andere an dir vorüberziehen.

Lass die Erscheinung so, wie sie ist, sei direkt hier und jetzt das, was *du bist*, ohne Wenn und Aber. Deine *Natur* braucht keine Akzeptanz, um das zu sein, was Akzeptanz ist.

Das. was *du bist* ist nicht an Zu- und Umstände gebunden. Diese Schönheit und Einzigartigkeit offenbart sich in der Gegenwärtigkeit so, wie es sich zeigt. Das ist die Freiheit, sie ist absolut bedingungslos, immer hier.

Wenn du erkennst, dass du niemals von *dir* entfernt warst und immer das bist, was *du bist,* bedingungslos *du bist,* ist geschehen, was nie geschieht.

Der Schlüssel

Es gibt einen Schlüssel, um das Tor zur Liebe zu öffnen, mit ihr in Berührung zu kommen. Denn anscheinend ist das Tor verschlossen, sie ist nicht immer als nährende Erfahrung zugänglich. Der Schlüssel ist die Dankbarkeit für das, was da ist. Danke dafür zu sagen, es nicht hinzukriegen. Dankbar zu sein, dass wir Unehrlichkeit sehen. Dankbar zu sein für die Schönheit, die sich offenbart in dem, was ist. Einfach ein stilles Danke. Dieses „Danke" ist mehr ein Seinszustand, der sich aus dem Hier-Sein ergibt und daraus entfaltet sich Akzeptanz und Hingabe an das, was ist. Das wird zur erfahrbaren Liebe.

Und so zu einem Lachen, glaube ich, oder? Das gehört irgendwie dazu, wenn ich gerade versuche nachzuspüren, dann ist ein liebevolles Lachen immer das, was ist oder so.

Das Verrückte ist, das, was du bist, lacht auch, wenn „du" nicht mehr lachst. Wenn „du" nicht mehr lachen kannst, wenn es einfach mal zu hart wird, dann lacht das, was du bist, im Hintergrund und genießt die Szene, die vorbeizieht. Wie in einem Kinofilm, wie in einem Drama, wo einfach eine schwere Szene spielt, die für absolut voll genommen wird. Bist du manchmal im Kino?

Ja. Die ganze Zeit. Nur manchmal im falschen Film. Das Blöde ist doch, wenn man sich immer wieder den gleichen falschen Film anguckt.

Dazu ist mir heute Morgen ein schöner Spruch eingefallen, weil ich über 15 Jahre im selben Film war und urplötzlich in einen anderen reingekommen bin. Dann kam dieses: „Durchbrichst du ein Muster, fällst du ins nächste. Genieße die Süße der Gegenwärtigkeit." Da warst du 15 Jahre in einem Film und dann fällt dir auf einmal auf, hey, ich bin ja immer im selben Film. Dann versuchst du, den Film zu ändern, zu durchschneiden, in einen anderen Film reinzukommen und es funktioniert nicht. Also, nach meiner Erfahrung funktioniert es nicht wirklich, wenn man es machen will. Gib dich einfach der Szene hin. Dann kommt der Schmerz, weil du den Film loswerden willst und plötzlich bist du im nächsten Film, wenn es so sein soll, und du merkst, hey, ist ja schon wieder ein Film. Du wirst den Film nicht los. Und wenn du erkennst, dass du den Film nicht los wirst, egal wie er gedreht ist, gleich welche Szene es ist, es passt nie, dann verliebst du dich in das, was ist und schmeckst die Süße, die sich darin entfaltet. Da ist einfach Schönheit mit dem, was ist. Dann mag es vielleicht immer noch deine Vorstellungen von deinem Film geben, aber die sind auch nur noch Teil davon und nix Besonderes oder nix Wichtiges mehr.

Die Vorstellung von dem, wie der Film sein sollte?

Genau; wie dein Leben zu laufen hat, dass du es hinkriegst, keine Ahnung, was. Dass die Beziehung gut läuft, dass der Job gut läuft und man es mit der Familie gut am Laufen hat.

In dem Moment, wenn du siehst, dass es ein Film ist, dann ist ja eigentlich schon Freiheit da, zumindest ein Stück weit. Weil normalerweise siehst du nicht, dass es ein Film ist, weil er meistens so echt empfunden wird.

Eine persönliche Fixierung.

Ja genau, so dass man denkt, man ist Teil des Films. Es ist ja ein Unterschied, sich als Teil des Films zu fühlen oder zu sehen, ich schaue einen Film.

Ja, ein Unterschied, doch nicht für das, was du bist.

Und es geht immer rein und raus. Bei mir jedenfalls.

Das wird bleiben.

Das bleibt?

Das bleibt. Wer dir was anderes erzählt, will dir eine Erleuchtungskarotte verkaufen, belügt dich. Wenn es so sein soll, wirst du erkennen, dass du vor jedem rein und raus bist. Das Sehen ist nicht an ein Zeugenbewusstsein gebunden. Hier ist die Einladung, das zu sein, was den Zeugen sieht. Das, was alles sieht und in allem ist, was es ist.

Erkenne zweifelsfrei, dass du nie drin warst. Es ist völlig wurscht, ob du glaubst eine Person zu sein, dich als Beobachter siehst oder Zeuge bist. In allem bist du das, was du bist. Das ist das Erkennen, dass dich freimacht und nicht, dass du in einem leichten Zustand bist. Leichte Zustände, die können Tage bleiben, die können Wochen oder Monate bleiben, die können sich auch immer weiter ausweiten. Das, was du bist, dehnt sich niemals aus und zieht sich auch nie zusammen – es ist in allem, was es ist. Doch die Unbedingtheit, in allem das zu sein, was du bist, ist das Erkennen, dass du nicht das Ding bist, das hier hergekommen ist und das hier sitzt. Nur das ist Freiheit, nichts zu sein.

Du bist nicht, kein Ding. Das, was du bist, ist nicht an Bedingungen geknüpft. Du bist nicht das Objekt, das hier sitzt. Du bist nicht die Geschichte, die sich aufgebaut hat und sich wieder abwickelt. Du bist nicht der Film um dich herum. Du bist nicht das Sehen, und du bist nicht der Raum. Sehen und Raum sind konstant, wenn der Film läuft, da hältst du dich auf. Wenn du „zurück nach Hause" willst, und da fällt viel ab von dir, wenn es so sein soll, gibt es einen minimalen Shift. Das ist wirklich das Minimalste, und dann erkennst du dich als …, keine Ahnung, dafür gibt es kein Wort, für das, was davor ist. Kein Ding! Dieses „davor" hast du niemals verlassen. Und was hier im Raum passiert, ist für das, was du bist, irrelevant.

Wenn du von der persönlichen Fixierung ins unpersönliche Erwachen fällst, ist das fein, klar, das tut gut. Das ist, wie wenn du einen schweren Rucksack abnimmst, dich hinsetzt und durchatmest, Pause an einem Rastplatz machst. Aber da du in der Welt Wissen und Werkzeuge brauchst, wirst du irgendwann aufstehen, den Rucksack nehmen, wieder aufsetzen und weitergehen.

Glückseligkeit ist das nächste Gefängnis, weil du diesen Zustand bewahren und schützen musst. Es ist etwas, was über dich gekommen ist.

Der Zustand kann impermanent sein. Aber das, was ich bin, kann ja nicht impermanent sein, das ist ja die ganze Zeit und zeitlos.

Ja! Zeitlos, raumlos, zustandslos. Und was ist das?

Da fällt mir so ein Wort ein, so ein gängiges, das Sein. Jetzt würde ich es auch gern anders ausdrücken.

Und was ist das Sein? Lass uns spielen. Dass es klar und greifbar wird. Alles, was greifbar ist, kann es nicht sein.

Das, was da ist, wenn ich hier bin. Ohne auch nur einen einzigen Gedanken zu denken, bin ich trotzdem immer noch hier. Aber das Bewusstsein ist im Grunde nicht hier, weil sich das Bewusstsein aus diesen ganzen Gedanken zusammensetzt. Hier ist ein Raum, da ist ein Teppich usw. Wenn kein Gedanke da ist, bin ich trotzdem noch da, ohne dass ich das irgendwie benennen kann.

Da ist einfach eine Hierheit oder eine Anwesenheit, in der das erscheint. Ja, aber die Anwesenheit oder das Sein ist doch nicht bedingt an die An- oder Abwesenheit von Gedanken. Du bist doch auch anwesend, wenn Gedanken da sind. Ich geh sogar weiter, du bist auch anwesend, wenn du abwesend bist. Wenn du jetzt hier sitzt und über das Kaffeekränzchen mit der Oma nachdenkst, das vor zwei Stunden war.

Davon gehe ich aus, obwohl ich es nicht weiß, weil ich es dann nicht wahrnehme.

Doch, du nimmst das Denken über eine vergangene Erfahrung wahr. Und das Sehen von dem, was ist, ist Selbsterforschung und nicht nur in die Hierheit kommen. Zu sehen, dass in der Hierheit Denken an vorgestern stattfindet. Die Unbedingtheit findet im Bedingten statt, und vor Bedingtheit und Unbedingtheit bist du. Wenn du zu dem kommen willst, was absolut unbedingt ist und deine Natur ist, dann darfst du dich nicht an Bedingungen halten, darfst du dich nicht an Regeln halten. Du musst alles über Bord schmeißen, das Sein, Hierheit, Anwesenheit, die Idee von dir. Da taucht alles auf, Vorstellungen, dass du es richtig machst, Vorstellungen, dass du es falsch machst.

Ja gibt es denn da eine Bewusstheit von mir selbst, von dem, was ich bin? Egal, was jetzt ist, ob das nichts oder alles ist? Gibt es da eine Bewusstheit, wenn ich mich total vergesse?

Armin sitzt in Meditation, im Satsang oder in einem Seminar und die Bewusstheit ist sehr stark. Dann beginnt wieder der Alltag und es wird wieder weniger, man verliert sich in den Dingen, ganz normal. Aber das, was Bewusstheit in seiner Natur ist, wird durch die Präsenz nicht mehr und durch die Zerstreuung nicht weniger. Dann fängst du an, dich in die Zerstreuung zu verlieben wie in die Präsenz und kennst dich als das, was vor den Sinnen ist. Das, was Sinnlichkeit ermöglicht, aber selbst nie sinnhaft erscheint.

Wie ist es, wenn du schläfst, nachts?

Das, was ich bin, ist absolut wach. Und das kenne ich als „bewusste Erfahrung", aber es wird nicht mehr gebraucht als Erfahrung oder intuitives Erkennen, um das zu sein, was ich bin.

Es wird nicht gebraucht, aber es ist offensichtlich wach bei dir.

Das ist auch bei dir wach, die Natur von Bewusstsein schläft nicht, nie.

Ja, aber ich kriege es nicht mit.

Das musst du nicht mitkriegen. Wer braucht das? Und letztlich kannst du es auch nicht mitkriegen. Es ist das, was mitkriegt.

Aber du kriegst es mit?

Ich kenne es als Erfahrung, dass da totale Wachheit ist, aber ich brauche es nicht als Erfahrung, um das zu sein, was ich bin. Das, was ich bin, kriegt es mit. Das ist nicht der Ronny, der hier sitzt. Das ist dasselbe, was hier hört und dort spricht. Du bist die Quelle der totalen Wachheit und die kriegst du nicht mit, niemand sieht das, was sieht.

Das hier ist nicht an Bewusstheit oder bestimmte Erfahrungen gebunden. Ich lebe ein ganz normales Leben und genieße es so, wie es sich lebt. Klar hocke ich mich hin und schmeiß mich ins tiefe Samadhi.

Das heißt, ich verweile in der unmittelbaren Wahrnehmung und bin mit dem, was ist. Die Wahrnehmung ist aus sich heraus in Bewegung, frei, da ist nichts starres, einfaches Schauen, stilles Bezeugen. Wenn die Erfahrung der Füße auf dem Teppich, der Körper auf dem Stuhl erfasst wird und du darin ruhst, dreht sich das Sehen von der Objekthaftigkeit und dem Nicht-Tun zurück auf das, was sieht. Da wird aber nix gesehen. Das ist wie im tiefen Tiefschlaf, da ist absolute Stille. Da ist Stille, die keine Stille kennt. Jeder sagt doch, er hat gut geschlafen, obwohl er sich nicht erinnert.

Habt ihr von Träumen gesprochen?

Im Traum tauchst immer noch du auf. Aber im Tiefschlaf tauchen kein „ich", kein „du", keine Erscheinungen und Bilder mehr auf. Wenn du den Wach-Traum so sein lässt, wie er ist, transzendierst du den ganzen Traum und das ist meine Meditation, die ich gerne praktiziere, auch im alltäglichen Leben. Ich habe zu Hause auch so einen Stuhl wie hier, und da hocke ich dann einfach. Packe mich in eine Decke ein und gucke mir meinen Teppich an, lausche der Heizung, die bullert. Und im Hören dieses Bullerns, in dieser Einfachheit ist Frieden. In diesem Frieden dreht sich die Wahrnehmung auf das, was Frieden ist, aber letztlich gar keinen Frieden braucht. Dahin dreht sich die Wahrnehmung bei jedem im Tiefschlaf, in diesem totalen Loslassen, das kein Loslassen kennt. Das, was Armin ist, Maria, Günter und Daniela, das ist da hinten, und das ist dieses Eine, das gar keine Einheit kennt. Jede Einheitserfahrung, die im Traum auftaucht, ist schon dualistisch an sich, weil es einen braucht, der diese Einheitserfahrung wahrnimmt.

Ich spreche hier nur von der Absolutheit Gottes, die Absolutheit von Bewusstheit, die gar keine Bewusstheit über sich hat. Und aus einer Grundlosigkeit, aus irgendeinem sich kennen wollen und mit sich spielen wollen, taucht zuerst Wahrnehmung auf, dann die Erfahrung des Raumes, und das ist dies „Ich Bin". Das, was sich nicht verändert im Traum. Das, was nicht kommt und geht. Das SEIN. Doch das, was SEIN ist, kennt sich selbst nicht. Da ist totale Form-losigkeit, in der Form und Formlosigkeit erscheinen. In der Formlosigkeit von Licht und

Raum entsteht sofort Form, Adam und Eva, Baum und Schlange, alles. Hochhäuser, Fabriken, Wälder, Flüsse, Bäume und Blumen. Das, was jeder kennt. Du wachst morgens auf und die Welt ist da, ganz spontan entsteht die ganze Welt. Wenn die Sehnsucht da ist, direkt zu erforschen, dann lass das Wissen oder die Ideen über die Welt fallen.

Wach einfach auf und sei die Wachheit, die schon wach war. Und dann lass einfach den Körper machen, was er zu tun hat. Duschen, Zähne putzen, zur Arbeit gehen, motzig sein, ängstlich sein, verliebt sein, sich in Stille begeben, zum Satsang gehen, keine Ahnung was. Zu McDonald, zum Satsang oder zum Oktoberfest, je nach Konditionierung. Was auch immer passiert, lass es geschehen. Wenn Sehnsucht da ist, holt dich die Sehnsucht nach Hause. Du kannst nichts tun, nie. Hilfreich ist einfach, wenn du bei dem bleibst, was nicht kommt und geht. Morgens geschieht Aufwachen und du siehst, da ist zuerst Wahrnehmung. Dann taucht die Erfahrung von Raum auf. Dann wird ein eingekuschelter Körper erlebt. Und irgendwann erscheint die Idee von dir, die Erinnerung an dich. Erst dann können weitere Erinnerungen auftauchen. Ein Verstand mit Problemen oder spirituellen Konzepten. Aber mit denen machst du gar nichts mehr, bleibst einfach bei dem, was da ist. Sei mehr bei der direkten Erfahrung als beim Denken über die Erfahrung.

Dann habe ich einen kleineren Rucksack, nicht wahr?

Genau. Dann isst du intentionslos den Proviant, den du dir eingepackt hast. Dann werden die karmischen Butterbrote verspeist auf dem Weg, der nirgendwo hinführt. Aber dann kümmert es auch schon kaum noch einen, was du mit dir trägst oder eben nicht.

Darauf bin ich gespannt.

Auf was?

Auf das Nirgendwo.

Aber das Nirgendwo, auf das du gespannt bist, ist gar nicht zu erkennen oder zu finden. Und das Nirgendwo hast du auch hier. Das große Nirgendwo hat keiner gefunden, weil es keiner verlassen hat. Das hier führt, ehrlich gesagt, nirgendwohin. Mit anderen Worten: Das ist es.

Wer bin ich?

Die erste und sicherlich letzte wesentliche Frage auf allen Wegen und Nicht-Wegen ist die Frage: „Wer bin Ich?"

Wird ehrlich und wach gefragt, wird erkannt, dass es auf diese Frage keine wirkliche Antwort geben kann. Nicht-Wissen, das die Antwort liefern könnte, das Erkennen, dass es keine Antwort geben kann, das ist die Antwort.

In diesem Nicht-Wissen zu verweilen, gepaart mit dem stillen Erkennen, dass Zeit und Raum, dies Hier und Jetzt, an sich schon „unwirklich" ist, da es erkannt werden kann und somit nicht *deine Natur* ist, öffnet das torlose Tor und befreit dich von jeglicher Erscheinung. Und lässt dich als die totale Freiheit zurück in den Traum kommen. Die Freiheit, die in allem ist, was sie ist.

Diese Frage „Wer bin Ich?" sollte nicht als Technik praktiziert werden. Denn jede Technik ist ein Suchen und die Suche endet in der Hingabe an das, was ist, so, wie es ist. Im Nicht-Suchen, in dem alles auftauchen kann, hat der Sucher keine Chance und verliert seine scheinbare Substanz, weil er mit dem konfrontiert wird, was er mit seiner Achtsamkeit, seiner Präsenz und seinem Prozess des Werdens loswerden wollte.

Lebe einfach leidenschaftlich und lass geschehen, was geschieht. Wenn die Frage „Wer bin ich?" auftaucht, sei still und lass dich von der Frage aufsaugen.

Weder bin ich noch bin ich nicht. Das sind die maximalen Worte, die gesagt werden können und letztlich sind dies auch nichts als Worte, die keinerlei Bedeutung haben. Und in dieser Bedeutungslosigkeit dessen, was ist, transzendierst du augenblicklich den ganzen Traum. Schönheit bleibt und die Freiheit, die du unbedingt bist.

Selbsterkenntnis

Wenn du dich nach wirklicher Freiheit sehnst, ist es grundlegend, „tief" zu erkennen, dass es dich als getrenntes, eigenständiges Individuum mit einem freien Willen und eigenen Wahlmöglichkeiten nicht gibt.

Lass allen Zweifel darüber fallen, ob du auf dem richtigen oder falschen Weg bist. Fließ mit, wohin dich das Leben trägt, und bezeuge berührbar jegliches Geschehen in dem Vertrauen, dass da nur BEWUSSTSEIN ist, das durch alles wirkt.

So vermittelte auch schon Padmasambhava die Essenz „des Weges":

Der Sinn der Praxis ist zu erkennen, dass es keinen Praktizierenden gibt und das Auslöschen jeglicher Konzepte, dass es ihn jemals gab oder geben wird.

Alles, was ist, ist die Totalität des Bewusstseins, die sich durch jeden Menschen und durch alles Leben permanent auf einzigartige Weise zum Ausdruck bringt. Es gibt kein egozentriertes Handeln. Da ist nur ein Handeln, dessen Zentrum die grundlose *Quelle* ist. Wird dies erkannt, verliert der Traum seine hypnotische Kraft.

Freiheit ist offensichtlich da, wenn zweifelsfrei erkannt wurde, dass jegliches Handeln nicht dein Handeln ist. Und es auch niemand anderen gibt, der die freie Wahl hätte, dies oder das zu tun. Darin tauchen auch weiterhin das „Ich" und das „Du" als Bilder auf. Bilder, mit denen Bewusstsein spielt. Bilder, mit denen DU spielst. Dieses traumhafte Erkennen lässt dich mehr und mehr mit dem Leben, so, wie es sich gerade zeigt, in Frieden und Akzeptanz mitfließen.

Wird still akzeptiert, dass du in Wirklichkeit keine Kontrolle über die Handlungen und deren Ergebnisse hast, fallen die Sorgen über die Ergebnisse des Tuns weg. Du tust dein Bestes, das, was in deinen Möglichkeiten liegt, und gibst die Ergebnisse in Gottes Hand. Das Leben ist auf Automatik gestellt und was auch immer geschieht, geschieht.

Gleich, wie die Szene sich im Marionettentheater des Lebens zeigt, involviert in die Ideen von dir und den Vorstellungen über die Welt, gleich, ob du gerade ich-los bist oder an dein gutes (noch zu verbesserndes) Ich glauben magst, dies alles sind Erscheinungen in der totalen Ich–losigkeit, der totalen Realisation dessen, was ist.

Wird dies wirklich unweigerlich und zweifelsfrei erfasst, offenbart sich die Freiheit und Losgelöstheit, nach der wir uns letztlich alle in der Tiefe des Herzens sehnen, da dies absolut unbedingt von den Zu- und Umständen ist.

Es ist bereits DAS, was es ist, mit oder ohne Erkennen. Doch wenn die Sehnsucht dich ruft, lass sie dich nach Hause holen. Es geschieht bereits. Komm einfach immer wieder spontan zum nackten Gefühl der Anwesenheit zurück und gib dich dem hin, was ist. Alles, was kommt, geht auch wieder. Beobachte still und berührbar und bleibe als das *Unwandelbare*, Nicht-Kennbare zurück.

Der größte Traum ist, dass es einen Träumer gibt

Das einzige Problem des Suchers ist nicht die Suche, die enden müsste.
Das einzige Problem des Suchers ist der Sucher selbst.

Tue das, was dir am Herzen liegt, ohne irgendwelche Vorteilsideen. Einfach nur, was dir am Herzen liegt, dich erfüllt und anzieht. Du weißt schon was, du brauchst keine Visionen, göttliche Fingerzeige oder sonstiges. Lebe einfach nach deinen Möglichkeiten und nach dem Impuls, der jetzt da ist. Das wird dir die Schönheit offenbaren, die in dem ist, was ist.

Die wesentliche „Korrektur", die bis an die Wurzel geht, ist das Erforschen und Erkennen, dass du als eigenständiges, getrenntes Wesen nie existiert hast, dass es dich als Sucher mit einem freien Willen niemals gab und geben wird. An den Platz der Person tritt das tiefe intuitive Wissen, dass es nur Bewusstsein gibt, das sich ausnahmslos durch alles lebt. So kann sich dieses natürliche Wissen wieder in dir ausbreiten und es offenbart sich die Schönheit der Existenz, die in allem ist.

Das einzige Missverständnis, das es zu klären gilt, und damit ist letztlich alles geklärt, ist das Entlarven des Egos, der Ich-Idee. Das Erkennen, dass das Ich an sich nie wirklich eine substanzielle Basis und Existenz hat. Alles andere wäre eine sanfte Lüge, die die Wurzel des Leids nur pflegt. Das Ich, was nichts anderes als das Ego ist, eine Maske, die gelebt wird. Gelebt von Bewusstsein, dem, was LEBEN ist, damit der Traum farbenfroh und in allen möglichen Varianten erscheinen kann, so, wie wir das Leben kennen.

Es geht hier um die Befreiung von der Idee der eigenen Täterschaft und des scheinbaren, individuellen Träumers. Dies führt zurück zu deiner unbedingten Natur, in den natürlichen Zustand, die die absolute Leichtigkeit ist, da sie keinen Handelnden, keinen Besitzer kennt.

Du bist eingeladen, an den „Ort" zurückzukehren, wo alle Probleme und alles Glück entstehen. Das ist Freiheit. Denn hat es wirklich großen Nutzen Heilung zu erfahren, wenn du dich nicht als die Quelle von allem Heil und Unheil erkennst?

Wie es schon Albert Einstein klar war, werden die Probleme nicht auf der Ebene gelöst, auf der sie entstehen. Solange du auf dieser Ebene Lösungen suchst, auf der deine Probleme entstehen, befindest du dich in einer Endlosschleife, die aus auftretenden Problemen und Lösungen besteht, die neue Probleme gebären, die andere Lösungen erfordern. Wer dieses Spiel spielen möchte, bitte, nichts spricht dagegen. Mit wirklicher Befreiung, unbedingtem Frieden, dem Sein im natürlichen Zustand hat das nichts zu tun.

Hier werden einige Meditationstechniken sowie Vorschläge zur Selbsterforschung angeboten. Sie bieten die Möglichkeit, die persönlichen Scheuklappen abzunehmen und die Schönheit des Lebens zu sehen, zu genießen und sich als *Das* zu erkennen, was kein Objekt und kein Zustand ist. Das, was sich durch alles, was kommt und geht erfährt.

Hier geht es nicht um spirituelle Kosmetik, auch wenn sich durch die Selbsterforschung dein Selbstbild und dein Selbstbewusstsein verbessern können. Denn was kann heilsamer und wertvoller sein, als sich als die Quelle allen Lebens wieder zu erkennen und in dieser stillen Kraft zu baden und darin zu erstrahlen.

Probleme sind jedem Menschen bekannt. Sie kommen und gehen, wie auch Glückseligkeit und Frieden kommen und gehen. Wie auch Sommer und Winter kommen und gehen. Die Erfahrung aktueller Probleme kann sehr wertvoll sein bei der Erforschung dessen, was wirklich *ist*, dessen, was *du bist*. Es ist eine Einladung, zu sehen, dass die Situation so, wie sie ist, keinen Besitzer hat, eine Einladung, sich der Bewegung total hinzugeben und sich davon berühren zu lassen.

So wirst du dich auf einfache, lebendige und liebevolle Weise von der Erscheinung der Ich-Idee lösen. Dies ist eine wundervolle Medizin, die für dich arbeitet, wenn du sie lässt.

Das zweifelsfreie Erkennen, dass es dich als autonome Wesenheit nicht gibt, geschieht in einem Moment und macht dich absolut frei. Dennoch ist es paradoxerweise ein tief greifendes Abschälen von der Idee persönlicher, getrennter Täterschaft, die durch den ganzen Körper geht, in dem „Wissen", dass es nichts gibt, was sich außerhalb des Bewusstseins und seines Willens bewegen könnte, dass es nichts Zweites neben DEM gibt.

Wer den Worten hier folgt, öffnet dem Erkennen die Tür, intuitiv oder logisch zu erfassen, dass da nur grenzenloses Bewusstsein ist und es keinen von *der Quelle* getrennten Handelnden gibt, auch wenn das so erscheinen mag. Aber wie sagt man so schön, „der Schein trügt".

Ein inspirierender und sehr klarer Text zu diesem Thema von Ramesh S. Balsekar:

Wie benutzt die Quelle (Gott) den menschlichen Computer?

Entsprechend meinem Konzept ist ein Gedanke der Input, der vom Bewusstsein, von der Quelle kommt. Das Gehirn reagiert auf diesen Input und der Output erscheint in Form einer Reaktion im menschlichen Körper-Verstand-Organismus. Wissenschaftliche Untersuchungen haben bewiesen, dass der Input eines Gedankens eine halbe Sekunde vor der Reaktion des Egos stattfindet. Somit hat also das individuelle Ego ganz offensichtlich keine Kontrolle über den Input und natürlich auch nicht über die Programmierung im Körper-Verstand-Organismus. Mit anderen Worten hat das Ego gewiss keine Kontrolle über den Input und hat gewiss auch keine Kontrolle, was die Programmierung betrifft, welche die Reaktion bestimmt, die offensichtlich eine biologische oder mechanische Reaktion ist. Und trotzdem bezeichnet das Ego diese Reaktion als „seine eigene Handlung"! ...Gedanken sind ein möglicher Input und andere Inputs basieren auf den Objekten, auf die die Sinne reagieren - was man sieht, hört, fühlt, riecht oder berührt -, was wiederum nicht der Kontrolle des Egos unterliegt. Mit anderen Worten geschieht nichts weiter, als dass das Gehirn auf einen Input im Körper-Verstand-Organismus entsprechend der Programmierung reagiert, und über beides hatte das Ego nicht die geringste Kontrolle. Und trotzdem bezeichnet das Ego diese mechanischen Reaktionen als seine eigenen.

Somit lass die Vorstellung fallen, dass du etwas tust. Alles, was dir hier angeboten wird, zielt darauf ab, dass das Körper-Geist-System durchlässiger wird und jedwedes Geschehen als „Gottes Wille" und als Totalität von Bewusstsein erkannt wird. All dies ist eine Einladung, die persönlichen Grenzen zu erforschen und darüber hinaus zu gehen, um im natürlichen Zustand in Freiheit, Dankbarkeit und Leichtigkeit mit dem, was ist zu leben und dich von der Schönheit hier erfassen zu lassen.

Mit anderen Worten liegt Heilung, Frieden und Befreiung in der stillen Akzeptanz dessen, was jetzt *ist*. Darin verschwindet der, der akzeptiert oder nicht akzeptiert. Das Erkennen ist geschehen und hat dich tief durchdrungen, wenn sich das, was du bist, als unbedingt und als immer anwesend offenbart. Das, was vor allen Dingen und selbst kein Ding ist, das ist deine absolute Natur, *dies* wurde niemals verlassen. Du bist das Absolute. Bleibe dabei und lass alles andere an dir vorbeiziehen, bis du dich zweifelsfrei erkannt hast und dich durch nichts mehr täuschen lässt.

Ideen von Erleuchtung, Erwachen, ewigem Frieden und Glückseligkeit sind besondere Kleider, idealisierte Vorstellungen, damit das scheinbare Ego weiter seine scheinbare Substanz behält. Um weiter die Verwechslung von der Objekthaftigkeit aufrecht zu erhalten. Das, was du bist, wird nicht; es ist immer, was es ist, absolut und unbedingt, die Quelle all der scheinbaren Objekte, Zu- und Umstände, selbst aber kein Objekt, kein Zustand und kein Umstand.

Erwachenserlebnisse können kommen, keine Frage. Es geschieht, wenn es geschehen soll, es kommt und geht zu seiner Zeit. Und es wird immer eine vorübergehende Erfahrung sein. Doch du warst schon vorher da und wenn es wieder gegangen ist, bist du immer noch. Schaust du ehrlich und aufrichtig, verliert der Erleuchtungsanwärter oder der scheinbar

Erwachte an Substanz, denn du bist bereits frei. Du kennst dich als das, was immer frei ist, das, was Freiheit ist. Du bist nicht dieses Objekt, das im Fluss des Werdens ist. Lass diese Verwechslung ein für alle Mal hinter dir. Du bist *die Quelle* all dessen. Das kommt als spontanes Erkennen in einem Moment.

Erwachen kennt keinen Erwachten. Mit dem Erkennen wird das Leben zu einem spontanen unpersönlichen Geschehen, einem Tanz von Moment zu Moment. Du lebst aus dem zustandslosen Zustand. Das Leben ist so, wie es ist. Darin ist eine unbeschreibliche Freiheit und ein süßer Geschmack von Hingabe, mit dem sich das Leben selbst küsst. Die Wahrheit ist so einfach, dass die wenigsten wirklich zugreifen können und letztlich „total dafür gehen", ES in allen Umständen un-bedingt zu sein.

Wenn du die Realisation dessen, was ist, nicht in dem erkennst, was ist, wirst du sie nirgendwo erkennen. Doch die Wahrheit ist so einfach und für jeden *hier*. Es bedarf letztlich gar nichts. Das ist der absolute Witz. DAS ist es, genau so, wie es sich zeigt. Ende der Fahnenstange. Lebe einfach, Mensch, und sei, was *du bist*.

Das hier ist das Loslassen der Vergangenheit,
der Gegenwart und der Zukunft
und dessen, dem sie gehören könnten.

Ego-Crash

Du hast gerade ein Problem in deinem Leben, dein Karma drückt von innen und von außen? Kein Problem!

Lass das Karma auf einen Schlag hinter dir. Erkenne, dass dies hier keinen Besitzer hat. Nur der Besitzer des Problems macht Probleme. Das Leben arbeitet für sich in seiner Zeit und genießt sich in allem, was ist.

Tauche ein in die eine grundlose Wirklichkeit, tue das, was du tun musst und relaxe mit dem, was ist. Das ist wahre Hingabe.

Aber das Ego, meinst du, müsse sterben. Ich erzähle dir, wie das Ego stirbt. Indem erkannt wird, dass es das Ego als eigenständig Handelnden niemals gegeben hat. Da dies nur eine substanzloses Bild ist, das das, was *du bist*, nicht im geringsten bedingt oder es beeinflussen könnte. Jedes scheinbare Ego wird gelebt von Bewusstsein. Das Ego ist willkommen mit seinem Problem wie in seiner Schönheit. Das ist sein Tod, und der kommt nicht als Prozess. Wenn es dich erwischt, bist du die Freiheit, die du immer warst. Denn du bist in allem, was *du bist*.

Wenn du siehst, dass für dich niemals etwas passiert ist, entspanne dich da rein, wo es niemals ein Rein oder Raus gegeben hat. Du bist willkommen und geliebt genau so, wie du bist.

Was nicht ist, muss nicht zerstört werden

Es gibt nur das, was Bewusstsein ist und das hat Freude am Erschaffen wie am Zerstören. Freude an der Depression wie an der Glückseligkeit. Da ist niemand, der etwas erschafft, aufrecht erhält oder zerstört. Da ist niemand, weder persönlich noch unpersönlich. Es ist Bewusstsein, das aus einer Grundlosigkeit mit sich selbst spielt, und dabei alle Rollen übernimmt. Und es genießt, sich darin total zu verlieren, da es im Verlieren nichts verliert und im Finden nichts findet. Das ist das Schöne.

Es ist Bewusstsein, das in der Kneipe sitzt, und es ist Bewusstsein, das glaubt, durch was auch immer, bewusster zu werden. Das, was LEBEN ist, hat keinen Sinn. Es hat keine Richtung.

Wenn man sich das Leben anschaut, es verliert sich in allen möglichen Richtungen, Ideen, Vorstellungen, Wegen und Werten. Jeder hat anscheinend andere Ziele, kleine wie große. Das Leben an sich hat kein

Ziel. Das zu erkennen, ist der Tod von dem, den es gar nicht gibt. Befreiung von dem, der Befreiung erlangen könnte.

> *Es geht gar nicht um dich.*
> *Bewusstsein spielt mit sich.*
> *Es erkennt sich.*
> *DAS ist Freiheit*

Freiheit

Freiheit ist, wenn der, der Freiheit sucht, sich als substanzlos offenbart und du siehst, Freiheit ist das Einzige, was ist. Freiheit ist, wenn es immer ist, was es ist.

Es gibt ein tantrisches Konzept, das besagt: Das erste Erkennen geschieht im Verstand. Das Erkennen, es gibt nur Bewusstsein und kein getrenntes Wesen, das eine freie Wahl hätte, so oder so zu handeln. Das Erkennen, alles geschieht, gleich, ob das Leben im Fluss ist oder gerade mal wieder feststeckt. Das LEBEN lebt sich in allem. Dies Wissen vertieft sich in das Herz und das Leben wird zur Hingabe an das, was ist. Es wird zu einem Tanz zwischen den Polen des Lebens. Es schließt nichts aus und ist in allem das, was es ist. In einer „Dankbarkeit" für das, was ist.

Dieses Erkennen realisiert sich vollständig, wenn es im Bauch angekommen ist, du vom „Nichts" ganz durchdrungen bist. Du nun absolut frei bist, weil offensichtlich ist, dass das, was du bist, niemals gefangen war und du immer unbedingt vor all den Zu- und Umständen das bist, was du bist.

Die Konzepte und Erfahrungen vom Handelnden oder Nicht-Handelnden, Identifikation und Nicht-Identifikation, etc. verlieren an Bedeutung. Da es absolut irrelevant ist für das, was du bist. Substanzlose

Erfahrungen in einer traumhaften Inszenierung. Da ist einfach dieser natürliche Zustand, mit dem du dich beschenkst.

Du gehst wieder Holz hacken und Wasser holen, als wäre nichts passiert, lebst das Leben, wie das LEBEN sich lebt. Du verschwindest in dieser Bedeutungslosigkeit zu sein, die einfach unendliche Schönheit in sich trägt.

Licht und Schatten

Ein lichter Sommertag, eine grün saftige Wiese, ein Apfelbaum und die Sonne, die dies Bild erstrahlen lässt. Mit der strahlenden Sonne und dem Baum auf der Wiese erscheint unweigerlich auch ein Schatten in diesem Bild.

Da alles, was erscheint, nicht eindimensional ist, ist der Schatten genauso Teil des Bildes, genauso Ausdruck GOTTES, ein Geschenk, in dem man ruhen kann, wenn die Sonne am Himmel den Tag mit ihrer Wärme umarmt. Schatten ist mehr als ein dunkler, unerleuchteter Fleck in der Landschaft, es ist ein Teil des Ganzen. Ein Teil, der unweigerlich dazugehört und das Bild vollständig, vollkommen macht. Da gibt es die persönliche Idee eines spirituell oder therapeutisch konditionierten Ich, einen Schatten zu erlösen und zu transformieren. Eine Idee, die oft auftaucht, da das Ganze nicht gesehen werden kann.

Es gibt keinen Schatten zu erlösen, weil es das ist, was jetzt ist, mit allem, was ist. Das EINE ist in der Manifestation bedingt durch das andere und alles ist am rechten Fleck. Das ist Leben, so, wie es sich zeigt. Es kann nicht anders sein, sonst wäre es jetzt nicht so. Veränderung ist das Natürlichste, das Leben ist in Bewegung und geschieht aus einer Absichtslosigkeit, grundlos in der totalen Harmonie und braucht keine Ideen von Transformation, es ist mit sich in Liebe, in der Bewegung des GANZEN, genau so, wie sie geschieht. Sommer und Winter wechseln.

Taucht weiter dieser hartnäckige Gedanke auf, einen Schatten zu erlösen oder die Idee, etwas sollte anders sein, darf zuerst gesehen werden, dass der Schatten nur entstehen kann, weil es ein Objekt gibt und das L„ich"t, das dies erscheinen lässt. Die einfache Schlussfolgerung, um das Problem an der Wurzel zu behandeln: Nicht der Schatten ist das scheinbare Problem, sondern das L„ich"t, das den Schatten erscheinen lässt, ist die Wurzel des Problems. Im Licht gründet die erste Vorstellung von Ich.

Wie löst sich nun dieses scheinbare Problem vom Schatten-Ich, der in seinem eigenen L„ich"t steht? Siehst du den offensichtlichen Widerspruch, es geht immer um (m)ich, Ich, immer Ich.

Lasse die Wahrnehmung ins HERZ sinken und ruhe im Sehen, wo Licht und Schatten, Liebe und Hass, Bindung und Losgelöstheit, Leid und Freude auftauchen. Schenke dem, was ist, von Herzen deine Wertschätzung, bezeuge, gleich wie sich der Inhalt zeigen mag. So offenbart sich spontan auf wundersame Weise *die Quelle* von L„ich"t und Schatten. Du wirst *dich* erkennen als *das*, was vor allem Erfahrbaren ist und sich im GANZEN ausdrückt und genießt.

Durch das stille Bezeugen, in dem die Wahrnehmung ins Herz sinken kann, werden die Inhalte entleert und es offenbart sich zugleich die Fülle des GANZEN, ein wundervoller Tanz der Hingabe, einer Hingabe an das, was ist. Ein Tanz, der sich in vollkommener Schönheit zeigt und das würdigt, was ist, weil es in allem DAS ist, was es ist. Was bleibt, ist zu genießen und die Dankbarkeit für die Gegenwärtigkeit, so, wie sie sich zeigt.

Die wirkliche Welt liegt jenseits unserer Gedanken und Vorstellungen.
Wir sehen sie durch das Netz unserer Begierden, geknüpft aus Freude
und Schmerz, richtig und falsch, innen und außen. Um das Universum zu
sehen, wie es ist, musst du über das Netz hinausgehen.
Das ist nicht schwer, denn das Netz ist voller Löcher.
(Sri Nisargadatta Maharaj)

Am Anfang

Am Anfang war Nichts, nur *Dies*, nicht gegeben, nicht kennbar, nicht wissbar, kein Objekt, keine Erfahrung, absolut nichts. Parashiva, totale Einheit, die sich selbst nicht kennt, da es kein Zweites gibt. Dies ist nicht zu finden, da es das Einzige ist, was nicht ist, und doch das Einzige von wirklicher Realität. Absolute Stille, die sich ihrer selbst nicht gewahr ist. Das, was in allem ist, was *du bist*.

Spontan und doch unbewegt manifestierte sich das Unfassbare als die absolute Dunkelheit, Mahashakti, Nicht-Sein, die Mutter allen Seins. Grundlos, erhebt sich *Dies* aus der Dunkelheit als Licht und damit offenbart sich die Erfahrbarkeit des Raumes. Das Bewusstsein, in seiner ersten Form von Formlosigkeit, das Ich Bin.

Das Ich Bin ist das torlose Tor zwischen Absolutem und Relativem, die Grundlage, auf der der Traum sich manifestiert. Wie in einem Kino, in dem Licht den Film auf eine Leinwand projiziert und spontan in dem dunklen Raum ein Tanz von Licht-Bildern und Klängen erscheint. Das ist das tantrische Prinzip von Shiva und Shakti, die zwei Geliebten, die in ihrem Tanz nur zusammen erscheinen.

Shiva, das erste Licht, Gewahrsein, der Lingam, der permanent den Raum des Bewusstseins, seine Shakti, penetriert und durchdringt, um sich selbst zu kennen und zu finden. Mit sich im Spiel zu sein und sich immer wieder aufs Neue zu verlieben, sich anscheinend zu finden und genauso auch wieder zu verlieren.

Tauchen diese zwei Prinzipien, Licht und Raum auf, erscheint damit unweigerlich alle Objekthaftigkeit, wie sie jedem bekannt ist. Das ganze Universum, die Welt, alles was du kennst und dir vorstellen kannst.

Hier fängt scheinbar der Schlamassel an. Denn Bewusstsein durchdringt den Raum, um sich zu spielen und fängt an, sich in der Objekthaftigkeit zu verlieren. Glaubt nicht nur Raum oder Licht zu sein, was schon ein großer Witz ist. Nein, es verliebt sich so in seine Schöpfung, dass es mit der Zeit sehr eng und leidvoll wird im eigenen Traum.

Nein, anfangs macht es wirklich Freude zu glauben, eine Person zu sein, die einen freien Willen hat, sich stolz fühlt für ihre guten und gelungenen Taten. Ja, und damit natürlich auch Schuld und Angst erfährt, wenn etwas nicht nach den eigenen Vorstellungen läuft.

Dies macht den Traum sehr anstrengend, du erfährst dich als getrennt und unvollkommen, möchtest dich verbessern oder dich von dieser Unvollkommenheit abwenden und fängst an zu vermeiden. Beide Tendenzen entspringen Vorstellungen von Mangel, der Idee, eine eigenständige, getrennte Person zu sein. Das Verändernwollen wie das Vermeiden ist die Verleugnung dessen, was *du bist*. Du glaubst, ein Objekt, eine Person zu sein, und damit leugnest du das, was *du bist*, da eine Bindung an etwas Falsches im Tausch mit deiner WAHREN NATUR aufrechterhalten wird. Das sind letztlich alles substanzlose Erfahrungen, die kommen und gehen. Dennoch ist diese Verwechslung in diesem traumhaften Geschehen äußerst leidvoll.

Die Rückreise beginnt, wenn du dich von der Person in einem stillen, liebevollen Bezeugen löst und je nach Konditionierung in einem der Grundprinzipien einrichtest, entweder im Gefühl der Anwesenheit, dem Raum, oder im Licht des Gewahrseins, als der Zeuge des Geschehens.

Du wirst scheinbar von einem Ich zum Selbst. Mal wieder von einem Dies zum nächstgrößeren Das. Von der Form zur Formlosigkeit, was immer noch zu viel Form ist. Das sind Zu- und Umstände, die du unterscheiden kannst, und alles, was du unterscheiden kannst, kann nicht das sein, was *du bist*, Unterschiedslosigkeit.

Auch wenn die Tantras, Yogas, die Heiligen und Gurus, die Traditionen so lehren, was auch nicht ungesund ist in diesem traumhaften Geschehen für das Objekt, das sich nach Befreiung, Frieden, Glück und einem Zuhause sehnt. Der ungesunde Aspekt daran ist, dass dir weiter der Irrglaube vermittelt wird, dass dir etwas fehlt, du ein Objekt in Raum und Zeit bist. Weiter wird die Idee gestärkt, dass du geboren bist. Ist es deine direkte Erfahrung, geboren zu sein? Oder ist es Wissen aus zweiter Hand, etwas, was dir erzählt wurde?

Du bist scheinbar auf der Rückreise, von einem getrennten Individuum zurück in das Einssein, machst dein Sadhana und löst dich langsam aber sicher von der Person mit den Konditionierungen und es geht mehr und mehr in das Unkonditionierte. Dann gibt es ein spontanes Erkennen und du erkennst dich als der Raum. Peng, nun ist die Welt in dir. Du hast keine Eltern mehr, denn sie erscheinen in dir. Was für eine Befreiung!

Ein Pendelspiel des Bewusstseins findet statt: Person, Raum, Person, Bewusstsein, persönlich, unpersönlich. Es geschieht eine Desillusionierung von all dem, was erscheint. Anfangs schmerzhaft, dann hat es etwas sehr Befreiendes, die totale Erleichterung.

Das nächste große Erkennen, du erfährst dich als das Licht. Du bist Licht, reines Licht, in dem alles erscheint. Mehr geht schon gar nicht. Doch, mehr geht; du wirst nichts, ALLES offenbart sich in DEM. Spontan und unmerklich wirst du von der Dunkelheit des Urgrundes erfasst, Subjekt und Objekt sind Nicht-Zwei. Wahrnehmung und Wahrgenommenes sind miteinander verschmolzen. Kein Objekt mehr, das existiert.

Dann wird Kein-Objekt wieder zu einem Objekt und das absolute NICHTS wird wieder zu seinem relativen Etwas. Wenn es schon so weit gekommen ist, könnte sich der nächste Shift ereignen. Du verlässt den Traum des Bewusstseins, den du niemals betreten hast, was der nächste Traum ist. Bewusstsein transzendiert sich selbst, jegliche Identifikation von Objekt und Subjekt fällt. Du fällst aus dem Gewebe des Bewusstseins. Selbst DAS ABSOLUTE, den dunklen Urgrund, siehst du; alles siehst du. Du bist vor dem BEWUSSTSEIN.

Da ist ein stiller, unbewegter Strom, in dem nichts kommt und nichts geht. Sobald das Sein des Ich Bin erscheint, taucht damit auch gleich die Welt auf, doch dort ist absolut niemand zu finden. Ein großes Theaterstück mit wundervollen Puppen und einzigartigen Figuren; und der

„Puppenspieler" das, was *du bist*, ist nicht zu finden, er ist nicht gegeben, denn da ist keine autonome Wesenheit. Der Traum ist leer in seiner totalen Fülle. Immer ist es die absolute Manifestation dessen, was ist.

Es ist so offensichtlich, du bist vor aller Objekthaftigkeit, schau und sieh. Das Ende und der Anfang des Spiels offenbaren sich in der Freude des Nicht-Findens. Die Spinne geht zurück in ihr Netz des Bewusstseins. Der Intellekt spinnt sich wieder eine Welt zusammen. Du und all die anderen erscheinen langsam wieder im Traum. Du bist so trickreich, hast dir ein Spinnennetz gewoben, in dem du dich selbst gefangen hast und in dem der Ausgang der nächste Eingang ist.

Doch es gibt etwas, das man wirkliche Befreiung nennen könnte. Wirkliche, unbedingte Freiheit, weil du dadurch nicht befreit wirst, es offenbart sich das, was nicht erkannt werden kann. Du erkennst, dass du den Lebens-Traum niemals betreten hast und dass das, was im Traum auftaucht, nicht das ist, was du bist. Da ist einfach keiner, gleich, ob ein Jemand oder ein unpersönlicher Niemand erscheint. Du bist unabhängig von dem, was kommt und geht. Gleich, was du bekommst, für das, was du bist, springt nichts raus; denn du brauchst nichts, da dem, was du bist, nie etwas gefehlt hat.

Nichts kann dich dir näher bringen noch kann dich irgendetwas von dir entfernen. Du bist immer DAS, was *du bist*, absolutes unbedingtes SEIN, vor Sein und Nicht-Sein. Der direkte Hinweis im Traum ist das nackte Gefühl der Anwesenheit sowie die Wahrnehmung, die immer ist, wenn auch du bist. Diese zwei Konstanten sind in allen Zu- oder Umständen unverändert. Gleich, wie du dich erfährst, du bist stets *du*. Nackte Anwesenheit und Wahrnehmung als deine unveränderliche Natur ist erfahrbar und jenseits davon bist DU. Hier verliert sich alles Suchen im Nicht-Finden deiner Selbst. Ich kann dir nicht sagen, was *du bist*, ich kann dir nur sagen, was du nicht bist. Dies wirklich zu erforschen macht frei. Erforschen musst du es für dich selbst, wenn die Sehnsucht dich ruft. Dies bedarf Ehrlichkeit, Mut und Aufrichtigkeit. Doch dieses Nicht-Wissen, das letztlich bleibt, diese Ahnungslosigkeit, ist auch hier und jetzt schon da, dem kannst du folgen, dem gib dich hin.

Genieße die Schönheit, die du bist, und tauche ein in das Nicht-Wissen deiner Selbst.

Die Sehnsucht wird weiterhin kommen und gehen, wenn du wach und aufrichtig mit dir bist, da du dich letztlich nirgendwo finden konntest und du dich dennoch weiterhin erfährst. Doch sie wird nichts mehr groß im Außen verlangen, sondern sich selbst erfüllen und mit der Süße der Hingabe und der Schönheit und der Leichtigkeit beschenken.

Lebe leidenschaftlich und genieße das LEBEN. Sei mit der Sehnsucht, wenn sie auftaucht, lass dich von ihr tragen und sie wird das Netz des Leides aus Ideen und Vorstellungen von Wollen und Nicht-Wollen im Feuer des LEBENS verbrennen. Die Klarheit des Nichtwissens und die süße Sehnsucht der Hingabe wird den Raum für die Liebe öffnen und das Tor in die Absolutheit deiner Natur sein. Tanz mit dem Leben so, wie du es liebst, und sei in allem DAS, was *du bist*.

Wenn Sie bewegungslos bleiben und nur beobachten, entdecken Sie sich selbst als das Licht hinter dem Beobachter.
Die Quelle des Lichts ist dunkel, die Quelle des Wissens ist unbekannt.
Diese Quelle allein existiert.
Gehen Sie zu ihr zurück und verweilen Sie dort.
(Sri Nisargadatta Maharaj)

Nein, das ist es nicht!

Ein Sucher trat vor seinen Meister und sprach „Ich will es verstehen und erkennen. Bitte hilf mir." Der Meister sagte: „In deiner Frage sprichst du von „ich" und von „es". Was bedeuten diese Worte? Beantworte mir meine Frage und ich beantworte dir deine."

Der Suchende trat Wochen später wieder vor den Meister und sagte: „Ich", das ist mein Geist und „es" ist die ihn umgebende Welt." Daraufhin erwiderte der Meister „Nein, das ist es nicht."

Einige Monate später ging er wieder zu dem Meister und sagte „Ich" und „Es" sind eins. Es ist alles und doch nichts." Der Meister erwiderte: „Nein, das ist es nicht."

Jahre später besuchte er seinen Meister und bedankte sich zutiefst für die Vermittlung der Lehre, die er aufnehmen durfte.

Der natürliche Zustand

Hier geht es um keine besondere Natürlichkeit.

Es kann nur gesagt werden, was es nicht ist, und damit ergibt sich die Möglichkeit, dass intuitiv erfasst wird, was es ist. Es ist nichts, ausnahmslos nichts! Da bleibt eine Leichtigkeit und Freude, die noch nicht mal Leichtigkeit und Freude braucht, da du in allem bist, was *du bist*; *Zustandslosigkeit*, die sich durch alle Zustände erfährt.

„Natürlicher Zustand" heißt, sich in seiner wahren Natur unbedingt zu kennen. Dadurch bist du nicht besonders natürlich, sondern du bist DAS, was *du bist*. Dafür musst du nichts tun oder lassen, eher im Gegenteil, du bist einfach in allem, was *du bist,* so, wie du bist.

Die Einladung hier ist, sich vom natürlichen Zustand erfassen zu lassen, mitzufließen, dein Leben zu leben, in dem Vertrauen an die EINE WIRKLICHKEIT, die nicht anders sein kann, und darin den einzigartigen Ausdruck der Schönheit zu genießen und damit im Tanz zu sein.

Hierzu dieser zeitlose und wunderschöne Text von Chang Tzu:

Der natürliche Fluss des Tao

Lass den Verstand denken, was er will. Lass die Ohren hören, was sie wollen, die Augen sehen, was sie möchten, die Nase riechen, was sie riechen will, den Mund sprechen, was er sprechen möchte. Lass den Körper jede Annehmlichkeit haben, nach der er sich sehnt. Lass den Verstand tun, was er will. Was das Ohr hören will, ist Musik, und dem Ohr das vorzuenthalten, bedeutet das Hörgefühl zu vergewaltigen. Was die Augen sehen wollen, ist sinnliche Schönheit, ihnen das vorzuenthalten, bedeutet das Sehen zu vergewaltigen. Was die Nase riechen will, sind duftende Pflanzen wie Rosen und Orchideen, und ihr das vorzuenthalten, bedeutet den Geruchssinn zu vergewaltigen. Der Mund will von der Wahrheit und von der Unwahrheit sprechen, ihm das vorzuenthalten, bedeutet den Ausdruck des Wissens zu vergewaltigen. Der Verstand will die Freiheit, umher zu wandern. Wird ihm diese Freiheit genommen, dann wird die eigentliche Natur des Menschen eingeschränkt und vereitelt.
(Chang Tzu)

Die Worte von Chang Tzu treffen auf den Punkt, was mit dem Begriff „natürlicher Zustand" ausgedrückt werden möchte. In letzter Konsequenz, dass es gar nichts anderes als den „natürlichen Zustand" gibt, in dem alles erscheint. Die Möglichkeit, zu der ich dich willkommen heiße, ist, es mehr und mehr zu entspannen und in diese „Akzeptanz" und dem „Vertrauen", dass alles „gut" ist, so, wie es ist, einzutauchen. Und aus dieser Haltung und der inneren Klarheit heraus zu schauen, was dir von Herzen wirklich wichtig ist, was deine innere Bewegung ist und dieser vertrauensvoll zu folgen, wohin dich das Leben führen möchte.

Kristallisation des Seins

Haben wir die Tatsache akzeptiert und durchdrungen, dass wir *die Quelle* aller Facetten dieses Diamanten des Universums sind, können wir aufhören so zu tun, als wären wir nur eine begrenzte Erscheinung, die durch Werden und Vergehen bedingt ist.

Nur in der Gegenwärtigkeit dessen, was *du bist*, kannst du deine eigene Größe erkennen und dich an der Totalität und Einzigartigkeit deines Lebens freuen, in der Hingabe an das Leben, und das zum Ausdruck bringen, was du dir einst selbst in deine Mitte gelegt hast.

Du wirst in der Welt keinen Frieden und keine Erfüllung finden, nicht im Himmel und auch nicht in der Hölle. Nur der Frieden, der *du bist*, der sich selbst nicht kennt, ist dein Zuhause und die absolute Erfüllung. Es gibt kein Ankommen, da du dich niemals verlassen hast. Sei einfach Hier so wie du bist.

Lass dich auffressen von der Sehnsucht und dem Nicht-Wissen um dein Selbst. Lass dich davon durchdringen und der Frieden und die Schönheit, die du bist, werden sich in dir kristallisieren und alles in Dankbarkeit, Akzeptanz und Liebe in sich aufnehmen.

4 Sein, was die Stille ist

Sei still

Versuch still zu sein, Stille zu sein und du wirst dich selbst erkennen. Du wirst erkennen, was es zu bedeuten hat ...

Drei Tage und Nächte versuchte sie verzweifelt, still zu sitzen, still zu sein. Dann erfuhr sie spontan ein orgastisches Erwachen. Dieses Glück schien nicht zu enden, bis es sich wandelte und sich darin der Frieden offenbarte, der immer schon war, sich darin die totale Freiheit zeigte, die in allem ist, was SIE ist.

Wie komme ich ins „Sein"?

Eine viel gestellte Frage: Wie komme ich ins Ich Bin, wie komme ich ins Sein?

Erst einmal möchte ich die Angelegenheit aus einer anderen Perspektive aus betrachten. Was hält mich davon ab, im „Ich Bin", im „Hier und Jetzt" zu sein? Wie kann das, was ins „Ich Bin" will, denn das „Ich Bin" verlassen?

Jede Erfahrung braucht als erste Erscheinung die „Ich'heit", das zeitlose Jetzt, das Vergangenheit, Gegenwart und Zukunft erfahrbar macht. Damit taucht auch die Erfahrung der „Bin'heit" auf, das Gefühl von Anwesenheit, Sein, Raum. Die Leinwand, auf der das L„ich"t erscheint, das den Film des Lebens erscheinen und tanzen lässt.

Bist du in der konkreten Erfahrung einfach anwesend, stillbezeugend und bleibst mit dem, was jetzt hier ist, ohne an einer Erfahrung, die darin auftaucht, festzuhalten, so bist du unweigerlich im nüchternen Erleben „Ich Bin".

So bist du nun von einer persönlichen Erfahrung in eine unpersönliche Erfahrung gewechselt. So einfach, wundervoll, bleib dabei. Gib dich dem immer wieder ganz hin, lass dich davon nähren, die künstliche Trennung wird fallen und die Grenzenlosigkeit deiner wahren Natur wird der Geschmack sein, der in allem leicht offenbar ist.

Wenn du allerdings aufrichtig bist und die Suche zu einem letztlichen Ende bringen willst, da du erkannt hast, dass Zustände, gleich welcher Art, immer zeitgebunden sind, merkst du, dass da etwas nicht stimmen kann. Denn es gibt ja immer wieder dieses Rein-Raus, es gab ein Vorher–Nachher, und das kann es nicht sein, denn du kannst es unterscheiden. Du bist doch immer unbedingt das, was du bist, oder warst du einmal nicht?

Das zeit- und raumlose Bewusstsein ist schon etwas Wahrgenommenes. Also musst du als Erstes sein, damit zuerst das „Ich Bin" und dann die Welt auftauchen kann.

Frage dich im stillen Bezeugen von „Ich Bin": Wer bin Ich? Die Antwort wird still da sein, auch wenn der Verstand keine zufriedenstellende Antwort erhält, denn damit verliert er seine scheinbare Substanz.

Verweile immer wieder still im „Ich Bin" und transzendiere jedes Konzept von dir und der Welt, transzendiere das ganze Universum, wenn es sich dir aufdrängt. Das stille Bezeugen dessen, was ist, transzendiert alles, gleich wie mächtig es erscheint. Sei einfach still mit dem, was ist.

Solange es scheinbar noch eine Übung braucht, komme immer wieder zu dem Lebensprinzip des „Ich Bin", dem Gefühl von Anwesenheit zurück, bis sich das „Ich Bin" selbst transzendiert hat und du dich sowohl im „Ich Bin" als auch als *das*, was dem GANZEN zugrunde liegt, erfährst und es so offensichtlich ist, dass du Kein-Objekt bist, da es dich nirgendwo in der Welt der Erscheinungen gibt. In dieser Zustandslosigkeit bist du frei von all den scheinbaren Bindungen und du bleibst zurück als die Freiheit, die einzig und allein ist. Denn *du bist* das, was sich durch alles ausdrückt und nie zum Ausdruck kommt. Der Hintergrund des Hintergrunds, den du nie erreichen kannst, da du ihn nie verlassen hast. Aufrichtig zu sein heißt, solange diese Worte hier noch zweifelhaft sind, ehrlich und still zu erforschen und in dem Lebensprinzip „Ich Bin" zu verweilen, wenn es dir möglich ist.

Von vielen Advaita-Lesern und Satsang-Besuchern hört man gerne „das ist ja alles nur scheinbar". Auch dieses scheinbar ist nur scheinbar, also *tue es* und lass dich nicht vom Verstand in die Irre führen, oder willst du weiter dein Herz um seine tiefste Sehnsucht betrügen?

Es geht letztendlich darum, den äußeren und inneren Dialog zur Ruhe kommen zu lassen. Denn selbst, wenn wir uns irgendwo an einem einsamen Ort isolieren, sprechen wir doch immer noch ständig weiter mit uns selbst. Dieser innere Dialog geschieht unentwegt. Und was macht der innere Dialog?

Er rechtfertigt sich andauernd selbst, egal womit. Wir spielen Situationen und Ereignisse nach, fragen uns, was wir hätten sagen oder tun können, was wir fühlen oder nicht fühlen. Und die Betonung liegt dabei ständig auf „ich". Wir beten ständig dieses Mantra „ich ..., mein ..., mich ...", in allen Varianten und Verkettungen, entweder laut ausgesprochen oder eben in Gedanken.

Dafür, dass der innere Dialog zur Ruhe kommt, müssen wir nichts tun, es ist zu einfach. Das passiert von selbst, wenn wir den Lärm in der Stille sein lassen, damit sind. Dann wird sich zu seiner Zeit der grundlose Urgrund offenbaren, die stille Freude, dass du bist, was *du bist*.

Totale Anwesenheit

Eine Einladung zum Forschen, die sehr hilfreich sein kann, um zu erkennen, dass du unbedingt von Zu- und Umständen das bist, was *du bist*, ist das Zurückschauen im alltäglichen Geschehen auf das Gefühl der Anwesenheit, das Gefühl, dass du da bist. Das kannst du immer wieder tun, einen Moment des Anhaltens und die Anwesenheit wahrnehmen genügt. Anwesenheit ist total und alles durchdringend, immer hier.

Wenn du beispielsweise zurückblickst auf eine dir spontan in den Sinn kommende Kindheitserinnerung und dort das Gefühl der Anwesenheit betrachtest, dann wieder ganz hier her kommst und schaust, wirst du sehen, das Gefühl der Anwesenheit ist unveränderlich, der Hintergrund ist immer gleich. Erforsche es für dich und bleib nicht an gelesenen Worten hängen.

Das, was durch „deine" Augen schaut, ist das, was sich nicht verändert. Selbst in einem Zustand von Glückseligkeit, Traurigkeit, Schmerz, Verliebtsein oder in jedem anderen Zustand. Der unveränderliche Zeuge, der du bist, ist immer im Hintergrund.

Schaust du auf das Gefühl der Anwesenheit, wirst du immer wieder sehen, es ist in allen Zu- und Umständen unverändert. Nur die Inhalte ändern sich, die Anwesenheit und das Sehen sind unveränderlich. Bleibe dem treu, komm immer wieder zu dem zurück und lass dich nach Hause holen. Erkenne dich als das, was sein Zuhause niemals verlassen hat und sei in allem, gleich, was auch geschieht, das, was *du bist. Du bist das,* was anwesend sein muss, damit Anwesenheit erscheinen kann.

Phänomenale Abwesenheit ist noumenale Anwesenheit.
Noumenale, absolute Anwesenheit ist das Einzige, was ist.

Nisarga Yoga

In diesem Gefühl von Sein zu verweilen, ist der einfache und natürliche Yoga, der Nisarga Yoga. Dieser Weglose Weg ist ein offenbares Geheimnis. Er braucht keine Vorbereitung und es gibt keine Abhängigkeiten, nichts, was dir fehlt, denn du bist DAS; das verweilen im Ich Bin ist der Weg, um in DEM aufzugehen, was *du bist*. Das Ich Bin, das einfache Gefühl „zu sein", das Gefühl, dass du bist, ist die Grundlage der Erforschung und für jeden unmittelbar zu erfahren.

Das Nisarga Yoga (Nisarga – natürlich, spontan), wie ihn Nisargadatta Maharaj gelehrt hat, ist beunruhigend einfach. Der Verstand, der immer damit beschäftigt ist, „etwas zu werden", ist angehalten, ausschließlich im eigenen Sein zu verweilen. Zeitloses Sein, das unausgesprochene Wissen, dass „du bist", still zu erforschen, bewegungslos zu durchdringen und alles, was darin erscheint, ausnahmslos zu bezeugen und weiterziehen zu lassen.

Doch der Verstand mit seinen Ideen und Vorstellungen will sich weiter als Herr im Haus aufspielen. Schließlich ist es sein höchstes Ziel, Begrenzungen, Begierden und das Gefühl der eigenständigen Existenz immer wieder aufs Neue zu beleben und aufrecht zu erhalten, während jegliche Angst essenziell die Angst vor der eigenen Auslöschung ist. Die Angst, sich letztlich im ungeteilten Bewusstsein aufzulösen, nichts Besonderes mehr zu sein und sich als die Quelle von allem zu erkennen.

In diesem Gefühl, einfach anwesend zu sein, in die unmittelbare Erfahrung „Ich Bin" einzutauchen, um die alles durchdringende Quelle „zu erfassen" und sich als diese zu erkennen, ist der Kern des Nisarga Yoga. Dieses Gefühl von „Sein", das „Ich Bin", dieses Hier und Jetzt, in dem alles auftaucht, ist letztlich nicht konstant, es ist das torlose Tor zu dem, was du bist. Denn wenn du schlafen gehst, in Ohnmacht fällst oder einen Moment unbewusst bist, wo ist es dann?

Du kannst keine Antwort auf etwas geben, das du nicht wirklich gesehen, wirklich erfahren hast. Selbsterforschung kann immer nur auf die eigene unmittelbare Erfahrung gegründet sein, sonst verliert sie sich in Ideen und gedachten Konzepten, anstatt Freiheit zu offenbaren.

Die wesentlichen Fragen an diesem Punkt: „Was bleibt, was ist konstant?" „Was bin ich?" „Was sieht?" Wesentlich ist es jedoch, die Fragen nicht als verbale oder mentale Technik zu benutzen und daran festzuhalten, sondern offen zu sein für diese innere Haltung, einfach zu schauen und zu lauschen.

Egal, welchen Weg du gekommen bist, gleich, wo du glaubst zu sein, das torlose Tor zur höchsten Realität ist das Gefühl *zu sein*, das einfache Gefühl der Anwesenheit „Ich Bin". Es wird dir die Quelle, deine wahre Natur offenbaren, die absolut eigenschaftslos ist. Die Quelle ist vor dem Bewussten und Unbewussten, jenseits von Leben und Tod, jenseits von Licht und Dunkel.

Das Nisarga Yoga ist ein kraftvoller Katalysator, um alle unwesentlichen Objektbeziehungen und persönlichen Fixierungen sanft zu lösen und als das zu enthüllen, was sie sind. Scheinbare Bindungen, die Leid und Gefangenschaft erzeugen. Mit der beharrlichen Praxis erkennst du dich wieder als das Zeitlose, grundlos glücklich und erfüllt, so dass du „dein persönliches Leben" und alles, was darin auftaucht, als etwas wahrnimmst, was in dir erscheint.

Ich Bin DAS

Das Verweilen im Ich Bin ist der direkteste Weg, um jegliche Konditionierung hinter dir zu lassen. Das Ich Bin, das Gefühl der Anwesenheit, das einfache Sehen, ist das erste Konzept, das erste konzeptuelle Erscheinungsbild, in dem alles andere auftaucht. Zu dem zurückzukommen und darin zu verweilen ist ein sehr starkes Heilmittel. Du bist mitten im Bewusstsein drin, du erfährst dich direkt als das, was Bewusstsein ist. Der Körper-Verstand-Organismus wird durchflutet und durchströmt von Bewusstsein. Du gibst deine Grenze auf, das „mein" und „ich" und bist im Bewusstsein das, was Bewusstsein ist.

Nisargadatta hat es wunderschön ausgedrückt: *„Die Menschen wünschen sich Bewusstsein und wenn es da ist, schrecken sie davor zurück."* Es ist immer Hier, direkt zu erfassen.

Halte einfach an und bleib bei der konkreten Wahrnehmung. Spüre die Füße auf dem Boden, den Hintern auf dem Stuhl, den Rücken an der Lehne, die Arme und die Hände, das was mit dem nächsten in Berührung ist. In der totalen Berührung wird das Ich Bin offensichtlich. Wenn du deinen Hintern spürst, auf dem du sitzt, die Füße, die auf dem Boden stehen, kommt das Ich Bin durch den Körper und löst die Bindung an Vorstellungen und Ideen, die Schmerz und Leid verursachen, langsam auf. Der Raum in dir, der dadurch frei wird, wird gefüllt mit Liebe, Frieden und Glückseligkeit. Es entfaltet sich ein Losgelöstsein von den Dingen, es offenbart sich die Freiheit, die *ist*.

Wenn du einfach dem lauschst, was ist, so, wie es ist, bist du im Ich Bin. Es ist wie die Dharma-Glocke, die dich zurückruft auf den Weg und der Weg ist einfach die Gegenwärtigkeit, so, wie sie sich zeigt. Gedanken, die kommen, wahrzunehmen, sie einfach zu sehen und mit dem Körper in Kontakt zu sein. Zu spüren, was lösen die Gedanken im Körper aus. Welche Gefühle hängen mit daran. So kommen die Gedanken als Gefühl durch den Körper zurück nach Hause und du erfährst Befreiung von der Idee von dir.

Jede Erfahrung, jedes Konzept, das auftaucht, braucht das Ich Bin, damit es erscheinen kann. Bleib einfach bei dem Gefühl zu sein. So fallen alle Erscheinungen, die kommen und gehen, von dir und dann fällt das Ich Bin, wenn es sein soll, und du bleibst als die Nacktheit, die unbedingt ist.

Akzeptiere dein Leben so, wie es ist, tue dein Bestes, und nimm dir Zeit, alle Zeit der Welt, die möglich ist, und die du von Herzen gerne dieser Stille hier widmest. Versuche es immer wieder. Im non-dualen Geist des Ich Bin zu verweilen, ist die ultimative Medizin. In dieser Form der Meditation, die sehr einfach ist, wird alles auftauchen, was an Hinderlichem im Weg steht, um dein Leben zu leben und dich zu erkennen als das, was *du bist*.

Das Erkennen deiner Natur kann nicht gemacht werden. Kann auch nicht durch das Verweilen im Ich Bin gemacht werden, aber es ist scheinbar das Möglichste und Direkteste, was getan werden kann; und letztlich ist es offensichtlich, dass nichts getan werden kann, doch musst du dem Leben auch nicht mit Ignoranz begegnen.

Es gibt eine schöne Zen-Geschichte:

Ein Schüler wird von seinem Lehrer nach drei Jahren des Zusammenlebens fortgeschickt. Er sagt: „Ich gebe dir noch eins mit auf den Weg: Du kannst nichts für die Erleuchtung tun, du kannst nichts tun, um Selbsterkenntnis zu erlangen. Warte, noch eins: Tue alles, was in deinen Möglichkeiten liegt, um zu realisieren!"

Richte die Aufmerksamkeit auf das Gefühl der Anwesenheit, den Raum, das Sehen und sei einfach Hier mit dem was ist, das ist die einfachste und höchste Form der Meditation.

Sitze einfach und spüre den Kontakt des Körpers mit dem Stuhl, mit dem Meditationskissen, die Füße auf dem Boden und bleibe in dieser konkreten Erfahrung, bezeuge diese Erfahrung von Gegenwärtigkeit, Raum, Zeugesein und Körperlichkeit. Du lässt die Wahrnehmung frei, schaust einfach diesem stillen Tanz zu. Und irgendwann, wenn ein Gedanke auftaucht, siehst du das Denken. Dann kommst du wieder zurück zur konkreten, körperlichen Erfahrung, spürst, wo der Gedanke im Körper ist und was er auslöst.

Vielleicht ist im Inneren des Körpers ein Erdbeben, ein Schütteln von Energie, ein Zugehen und sich Verschließen, vielleicht ein Schmerz im Herzen, Unruhe im Bauch. Ein Sichöffnen, ein Sichvertiefen in den Raum, ein Tanz mit der Energie, der spontan geschieht und dich im

Ganzen aufgehen lässt. Gleich, was ist, du machst damit überhaupt nichts. Du beobachtest es in einer liebevollen, berührbaren Haltung, lässt es einfach da sein, bist mit dem Geschehen so, wie es ist, und genießt den Moment. Es wird wieder gehen, genau so, wie es gekommen ist. In der Stille kommst du immer wieder zurück zur Anwesenheit und dies lässt dich tiefer ins Bewusstsein sinken, indem du einfach haltlos da bist. Du bist mit dem, was ist, das ist das torlose Tor zu dem, was *du bist*.

Ich lade dich ein in den Film

Ich lade dich ein, den Film ganz reinzulassen.

Du lädst mich in den Film ein?

Ich lade dich ein, den Film absolut nüchtern durch dich durchrauschen zu lassen in seiner Langsamkeit. Genau so, wie er jetzt da ist. Betäubung hast du jetzt 50 Jahre hinter dir und die Reise nach Hause geht genau mit dem, was ist. In dem berührbaren Sehen, und Berührbarkeit ist nicht geträumt. Spirituellen Whisky verkaufe ich hier keinen. Du kriegst hier gar nix. Du kriegst die Gegenwärtigkeit so, wie sie sich zeigt, und die ist überall das, was sie ist. Und wenn die Betäubung nachlässt, zeigt sich Gott an der Tankstelle, im Satsang oder am Imbiss. Das Zeuge-Sein ist keine Betäubung. Wenn du im Bezeugen der körperlichen und konkreten Erfahrung bist, verbrennt dein Karma und der, dem es gehört. Es verliert an Substanz. Und das, was im Hintergrund ist, rückt nach vorne und das Leben zeigt sich in seiner Fülle.

Was gibt es denn für Tricks, um das zu forcieren?

Was willst du forcieren?

Das Gewahrwerden sozusagen, weil man doch irgendwie sehen muss, dass du den Film nicht mehr so wichtig nimmst.

Den Film nimmst du nicht mehr so wichtig, wenn du deinen Hintern spürst, jetzt gerade auf dem Meditationskissen. Wenn du den Atem wahrnimmst, wenn er rein und raus fließt.

Ich habe gerade einen verletzten Finger, den spüre ich. Wenn ich die Verletzung und den Schmerz im Finger, die konkrete Erfahrung mehr wahrnehme als den mentalen Film, der durchläuft, dann holt es sich nach Hause. Wenn ich mir spirituelle Gedanken mache oder an vorgestern denke, bin ich nicht hier und nicht in der direkten Wahrnehmung von dem, was da ist. Das ist immer ein Tanz von Denken und Nichtdenken, Hiersein und Abwesendsein. Das ist gar keine Frage. Doch wenn du den Stuhl wichtiger nimmst als das Geschäftsgespräch, das gestern war, bist du mitten drin. Du denkst vielleicht noch einen Moment über das Gespräch im Job nach, und dann merkst du, das Ding ist ja schon lange gelaufen. Daran kannst du nichts mehr ändern. Dann unterbricht die Kette und du spürst vielleicht die Idee, du hättest in dem Gespräch etwas falsch gemacht und nimmst es im Körper wahr, ein wirklich konkretes Gefühl, das sich durch den Körper zeigt. Und da verbrennt einfach die Geschichte und du wirst mehr und mehr zu dem Sehen, was du eh schon bist. Diese Involvierung, die Fixierung fällt raus, wenn du der Gegenwärtigkeit, der unmittelbaren Erfahrung mehr Raum gibst als dem mentalen Film von Vorstellungen über Vorstellungen, der da durchläuft.

Das ist ein Art Technik, immer wieder ein spontanes „Ah, dies hier". Nisargadatta hat das als Nisarga-Yoga bezeichnet. Das Erleben der unmittelbaren, konkreten Erfahrung und immer wieder still damit zu sein. Den Raum, in dem das geschieht, zu erfassen und mit dem zu sein, was ist. Ende.

Das natürliche, spontane Yoga: zu sehen, was hier ist, als die direkte Verbindung zu Gott, da nichts außerhalb von Gott ist, und darin einzutauchen. Es sind ja nur die gedachten Vorstellungen, die dir erzählen, es gäbe etwas zu erreichen oder du müsstest einen Weg beschreiten. Also, lass das Denken in Ruhe; wenn es keinen Abnehmer hat, verliert es seine Kraft.

Wer ist Ich?

Alle Vorstellungen sind missverständlich.
„Wahres Ich", „falsches Ich", beide sind falsch.
Beides sind nur Objekte, die in der Wahrnehmung auftauchen.
Wessen Wahrnehmung?
Da kommen wir der „Sache" schon näher.
Was ist die Quelle der Wahrnehmung?
„Ich sehe", „Ich will", „Ich fühle", „Ich bin verwirrt".
Als Grundlage von all dem erscheint dies „Ich Bin".
Komme zurück zum „Ich Bin", dem einfachen Gefühl zu existieren.
Wer bist du ohne Eigenschaften und Definitionen?
Wer bemerkt Sehen, Klarheit und Verwirrung?
Wer bemerkt dieses einfache Gefühl von Existenz?

Samadhi

Sitze einfach mit dem, was ist, und beobachte still, ohne einzugreifen. Wenn Eingreifen geschieht, greife nicht in das Eingreifen ein. Bleib still mit dem, was ist. Bezeuge und lass das geschehen, was geschehen soll.

Dieses stille Seinlassen ist die Eintrittskarte in das vollständige, tiefe Samadhi. Es kann nicht gemacht werden, es offenbart sich, wenn du es nicht-suchst.

Ein Tor, durch das sich essenziell und tief offenbart, dass es nur BEWUSSTSEIN gibt, BEWUSSTSEIN das Einzige ist, was alles belebt und lebt, weil es nur DAS gibt und die Person, der Körper, alle Objekte, die Welt, das Universum, alles eine traumhafte Fiktion ist, die kommt und geht. Vertiefst du dich in die *unkennbare* STILLE, offenbart sich zweifelsfrei, dass es nichts Getrenntes gibt, das eigenständig aus sich heraus lebt, entscheidet und handelt.

Du, als totale Anwesenheit, bist die einzige Wirklichkeit, die alles lebt. Das, was du bist, kommt und geht nie, du bist unbedingt, immer Hier. Du bist das, was *ist*, selbst wenn nichts mehr ist.

Auch das tiefe Samadhi ist letztlich ein Bild, auch wenn es ein Nicht-Bild sein mag. Was ist das, das dies sieht?

Du entkleidest dich vom Ich, von der Welt und vom Universum und genießt dich als die totale Freiheit und die Nacktheit, die du unbedingt bist.

Den Meditierenden ins Herz fallen lassen

Bleibe einfach bei der konkreten Wahrnehmung, so, wie sie sich zeigt. Die Füße auf dem Boden, den Hintern auf der Sitzunterlage. Der Atem, der einfach kommt und geht, ohne dein Zutun. Schau einfach berührbar zu.

Das, was ist, so, wie es ist, ist Beweis deiner Existenz. Die direkte Wahrnehmung offenbart dir auf einfache Weise deine ursprüngliche Natur, das Ich Bin.

In diesem einfachen Gefühl „Ich Bin" lasse die Wahrnehmung ins Herz fallen. Sollte sich dein Herz verschlossen anfühlen, bleibe mit dem Körper in Kontakt, so, wie er sich zeigt, und bleibe relaxt bei der direkten Erfahrung „Ich Bin", der bedingungslosen Offenheit und *sei* DAS, in dem bedingungslos alles auftaucht und absolut so sein darf, wie es ist.

Lass alles im HERZEN versinken und verschenk dich an die Liebe, die ist ...

Sei, was du bist

Sei die *Absolutheit deiner Natur*,
Hier und Jetzt, und die ist nicht zu erfahren.
Das Erkennen davon ist eine Nicht-Erfahrung.
Es ist das subtilste Erkennen.
Da, wo keiner ist, bin ich zu Hause, da bist auch du zu Hause.
Da kann keiner hinkommen, denn das hat niemand verlassen.

Dies „sei, was du bist" heißt: Sei die *Quelle aller Erscheinungen,* die keine Erscheinung, kein Objekt und kein Zustand ist und sich bedingungslos durch alles offenbart. Sei einfach, was du bist, und akzeptiere die Person so, wie sie ist; lass sie machen, was sie zu tun hat, weil sie nie anders sein kann, wie sie jetzt ist. Tu, was dir am Herzen liegt und dir Freude bereitet.

Der direkte Weg geht mitten durchs Leben. Du bist, was du bist und lebst einfach, wie das Leben dich lebt, tust, was dich interessiert, was dich anzieht, was du von Herzen liebst, folgst dem Impuls, der jetzt da ist. Indem du das einfach lebst, verblasst der, den es gar nicht gibt. Freiheit, die Süße der Hingabe und genussvolles Nichtwissen bleibt.

Du bist willkommen, so, wie du bist

Wie werde ich das Ich los?

Warum willst du das Ich loswerden? Du musst nichts loswerden, du bist willkommen, so, wie du bist. Du bist frei und bedingungslos in deiner Natur. Eine bedingte Idee wäre, wenn die Ich-Vorstellung verschwinden müsste. Aber da es sie substanziell gar nicht gibt, darf sie bleiben oder gehen. Das, was du bist, ist dadurch nicht zu bedingen. Und genau das lässt die Illusion verblassen, dass sie gar nicht verblassen muss. Wenn du erkennst, wie bedeutungslos das ist, fängst du an, es zu genießen und bastelst nicht mehr am Traum, sondern du lebst einfach und fließt geschmeidig mit. In dieser Einfachheit hier zu sein, zeigt sich die Schönheit, die du bist.

Wenn das Erkennen ins Herz kommt, wird es zu einem Tanz, einem Tanz der Hingabe. Eine Hingabe an das, was hier ist. Es ist das Einzige, was ist.

Wenn die Wahrnehmung mehr und mehr im Herzen sein kann, dann ist es ein Tanz zwischen Schmerz und Freude, zwischen Leichtigkeit und Liebe, zwischen Traurigkeit und Da-sein-lassen dürfen, einem unbedingten Da-sein-dürfen. Es darf alles da sein, wirklich alles. Alles ist Ausdruck totaler Lebendigkeit. All das ist Ausdruck des Lebens.

Das Einzige, was getan werden muss, und es ist gar kein Tun, es geschieht bereits, ist das Verstehen, dass es nichts zu verstehen gibt. Es ist einfach das Sitzen hier. Die Erfahrung, so, wie sie ist. Dem Stuhl, auf dem du sitzt, mehr Aufmerksamkeit zu schenken als dem flüchtigen Denken.

Lass das Denken denken, denn Denken taucht immer wieder auf. Du sagst einfach danke. Gedanken kommen und gehen, Gefühle kommen und gehen. Du fühlst, was ist und im Fühlen sind sie schon wieder gegangen. Nur, wenn du sie nicht haben willst, wenn du den Widerstand nicht haben willst, ihn abbauen möchtest, leidest du. Wenn du dich gegen die Angst wehrst, brennt sie sich in das Zellbewusstsein ein und verkapselt sich im Körper-Verstand-Organismus, redet dir ein Getrenntsein ein, das es nicht gibt, bis wieder dieses unbedingte JA für alles da ist. Und hier sind wir an dem Punkt der Hingabe, des Mitgefühls und da ist einfach Hilflosigkeit, denn niemand kann wirklich alles da sein lassen. Diese Hilflosigkeit offenbart dir den Urgrund und beschenkt sich mit dem süßen Genuss zu sein. Aber halte nicht daran fest, halte an gar nichts fest, da du *nichts bist*.

Bewusstsein verweilt einfach im Ich Bin und lässt die Dinge so sein, wie sie sind. Es lässt sich berühren von dem, was ist. Die Geräusche draußen, die Gefühle im Körper, die Erfahrung so, wie sie jetzt ist, ohne einzugreifen. In der Offenheit, mit dem zu sein, was ist, fällt Bewusstsein auf sich selbst zurück. Und du tauchst einfach ein und bist absolut nackt du selbst und kommst als Nacktheit zurück, bekleidest dich wieder mit Ich Bin, mit Körper, mit Raum, mit der Welt, und fühlst dich wie frisch gebadet, wie ins Meer gesprungen und wieder aufgetaucht. Jetzt lässt du dich nicht mehr von all den Phänomenen täuschen, lässt dich nicht mehr täuschen von all dem, was man benennen und objektivieren kann.

Meditation oder die Selbsterforschung ist keine Bedingung, sie lässt dich einfach tief akzeptieren, dass du so bist, wie du bist. Dass das Ganze, das Hier, genau so ist, wie es ist. Das So-sein-lassen, wie es ist, ist die Basis, auf der DAS GANZE getragen wird.

5 Hingabe

Geben Sie sich dem Selbst hin, von dem alles der Ausdruck ist.
(Sri Nisargadatta Maharaj)

Die Einladung, Hier zu bleiben

Ich lade zu einer direkten Erforschung ein. Spüre den Körper einfach so, wie er ist. Die Füße auf dem Boden. Die Hände dort, wo sie sind. Den Hintern, auf dem du sitzt. Hörst du die Geräusche, die da sind? Wenn du die Geräusche hören kannst, den Körper spüren, dann bist du mitten drin im Finden. Du erfasst den direkten Hinweis auf das, was ist, auf das, was du bist. Du bist in Berührung mit dem, was ist. Du bist bereits mitten drin im Finden, denn Selbsterkenntnis ist ein permanentes Geschehen ohne Anfang und ohne Ende.

Eine Einladung kann die Frage sein: Wer hört das hier? Wer hört die Worte? Wer hört das Auto, das vorbei fährt? Wer ist der Wahrnehmende? In wem tauchst du auf? In wem taucht all das auf? In *dir*! In wem tauchen Schmerzen und Glückseligkeit, sich Öffnen und sich wieder Verschließen auf? Was verändert sich nicht in dieser permanenten Bewegung?

Der Verstand kann darauf keine Antwort geben, weil die Gegenwärtigkeit, so, wie sie ist, die Antwort darauf ist, und damit kann der Verstand nichts anfangen. Gegenwärtigkeit in permanenter Bewegung, in einem unendlichen Tanz. In der Hingabe an das Hier kann sich *Das* offenbaren, was nicht erkannt werden kann. In der Hingabe an den Stuhl, an die Berührung mit dem Boden, an das Spüren des Herzschlags offenbaren sich Sanftheit, Dankbarkeit und Liebe.

Die Bedingungen, die gegeben sind, so zu akzeptieren und dankbar da sein zu lassen, so, wie sie sind, lässt dich mit dem Leben würdevoll mitfließen und offenbart die Unbedingtheit deiner Natur, wenn es so sein soll. Das funktioniert nicht als Deal. Wenn es deine Sehnsucht ist, dich wiederzufinden, dann ist das der scheinbare Weg. Bleib einfach hier und sei still mit dem, was ist, tauche ein in die Gegenwärtigkeit und vielleicht fragst du: Wer nimmt wahr? Dann verschwindest du in dieser Frage, tauchst ganz darin ein. Kommen die mentalen Quälgeister, Gedanken über das Denken, Urteile und Idealvorstellungen, wie dein Leben oder die Welt zu sein hat, schau zu. Wem kommen die Urteile, die im Verstand kommen und gehen, die spirituellen Konzepte und all die Ideen, wie es sein soll? Zu wem kommt die Unruhe? Zu mir!

Ich Bin, da ist Anwesenheit und Wahrnehmung, in der all das auftaucht. Nur weil Ich Bin, kann dieser Hokuspokus erscheinen. Das Ich Bin, das Gefühl zu sein, ist für jeden erfahrbar, greifbar und spürbar, wenn die Wahrnehmung in das fällt, was konkret da IST.

Die Praxis, und diese zu leben, kann so aussehen: Du sitzt einfach hier und bist still, tauchst ein in das, was ist, gibst dich ganz der Erfahrung hin und irgendwann taucht ein Gedanke auf und es spinnt sich eine Gedankenkette und du siehst es. Und in dem Moment des Sehens und Anhaltens wird die Gedankenkette unterbrochen und du kommst zurück zur konkreten Erfahrung und spürst, was jetzt im Körper stattfindet. Wo der Gedanke im Körper sein Zuhause hat, und damit verbrennt die ganze Kette. Nur die Gedanken gaukeln dir vor, dass du hierher gekommen bist, dass du geboren wurdest, dass du in der Welt bist. Das heißt nicht, dass du alle Gedankentätigkeit transzendieren musst. Aber es braucht die Bereitschaft, die Gedanken hinter dir zu lassen – vor allem den ersten Gedanken, den Wurzel-Gedanken „ich".

Dies ist ein sehr kraftvolles Heilmittel und wirklich einfach. So einfach, dass es sich leicht auch in den Alltag integrieren lässt. Und doch braucht es vielleicht einige Übung, denn viele Menschen sind sehr auf den Verstand und seine Vorstellungen dressiert. Dressiert wie Tiere in einem Zirkus, dessen Direktor der Ich-Gedanke ist. Doch wenn du dich immer wieder ganz der direkten, unmittelbaren Erfahrung hingibst, kannst du mehr und mehr den Duft der Freiheit in dir aufnehmen, bis du die Freiheit bist, einfach so, wie du bist.

Es ist so einfach, es ist immer hier. Und letztlich braucht es noch nicht mal eine Hier-Haltung, um hier zu sein. Unbedingt, mit allem hier zu sein, mit Mustern oder befreit, wissend oder unwissend, in einem entspannten Zustand oder vielleicht angespannt, mit Gedanken im Kopf oder totaler Stille. Ob du gebadet aus dem Samadhi kommst, oder gestresst von der Arbeit. Das zu sehen, was ist, ist Selbsterkenntnis. Und die ist ohne Ende.

Vielleicht kommst du mit dieser Botschaft das erste Mal in Berührung, und da ist ein inneres „JA, das wusste ich doch schon immer, keine Frage. Das ist es". Und du verliebst dich in die Gegenwärtigkeit, die alles einschließt, tauchst einfach ein und fließt mit. Lässt das Bekannte hinter dir für das Unbekannte. Die Ziele fallen weg für ein permanentes Finden. In diese Einfachheit einzutauchen, ist ein Genuss. Dann ist es egal, wo du bist. Ob das im Satsang ist , lesend auf deinem Bett, auf der Arbeit, bei dir Zuhause im Wohnzimmer oder an der Bushaltestelle. Klar gibt es Unterschiede. Das ist ja das Schöne. Mal ist es so und mal ist es so. Aber immer DAS, so, wie es ist. Tue einfach, was dir gut tut und sei, was du bist.

Die erste und die letzte Frage auf der Suche nach dir: Wer bin ich? Wer hört? Wer sieht das, was da ist? Wer riecht? Wer fühlt? Wer schmeckt? Wer erfährt das Denken? Wer nimmt wahr?

Lässt du die Frage ganz rein und bist still damit, verschwindet der Ich-Gedanke im Herzen. Du kommst scheinbar mehr und mehr nach Hause. Es ist ein scheinbares Verlieren und ein scheinbares Wiederfinden. Doch wer ehrlich und aufrichtig ist, geht den Weg und hält sich nicht am „scheinbar" auf. Genieße es einfach total, mit dem zu Sein, was ist.

Bankei, ein Zen-Lehrer, hat immer wieder angeboten, das für sich 30 Tage lang zu erforschen, dem wirklich intensiv Aufmerksamkeit zu geben, und der Frage, wer das wahrnimmt, alle Kraft zu geben, so dass die Gegenwärtigkeit nicht mehr wegzudenken ist. Dann bist du in einer totalen Berührung mit dir, mit dem Raum und der Wahrnehmung und dann kommt nichts mehr dazwischen. Es ist dann egal, ob eine Person auftaucht oder keine, ob ein Ich-Gedanke da ist oder Stille.

Im Alltag, wenn man einen Job hat, geht es nicht unbedingt, ein 30-tägiges Retreat zu machen. Deshalb nutze immer wieder die Möglichkeit, still zu sein und tief in das einzutauchen, was still ist.

Eine weitere Möglichkeit, das zu leben, lebendig zu erforschen, ist, die Dinge so zu akzeptieren, wie sie sind. Auch, dass du es gar nicht akzeptieren kannst, wenn dich das Leben überrollt. Das wird dann zu einer stillen Akzeptanz, Dankbarkeit und Hingabe, die liebevoll annimmt, was ist.

Ich habe Nisargadattas Worten vertraut, und nicht nur seinen Worten. Habe mich dem hingeben, weil da eine Tiefe war, es war eine Selbstverständlichkeit. Ich kann es nicht wirklich sagen, wieso. Hingabe kennt kein wieso. Das war einfach mein Ruf, nach Hause zu kommen. Er hat mir einfach meinen Kopf zerbrochen mit seinen 10.000 paradoxen Aussagen. Das, was Wahrheit ist, hat sich durch die Wahrheit in seinen Worten erfasst.

Aber dieses Nicht-Verstehen, das seine Dialoge in mir ausgelöst haben, das Nicht-Wissen ist das Geheimnis oder die Medizin. Die Medizin, die den sterben lässt, der verstehen oder nicht verstehen könnte, den, den es gar nicht gibt.

Es geht nicht darum, der Person zu vertrauen, dem Lehrer oder Meister, sondern den Worten zu lauschen, „es" in dir aufzunehmen und still wirken zu lassen. Wenn ein inneres Ja da ist und es dein Herz berührt, bleibe und lass dich ganz nach Hause holen, bis du dich als das Ungeborene wieder erkennst. Bleib bei dem, was ist, bei dem, was immer ist. Zen oder Advaita lehren letztlich dasselbe in ihrer Aussage und in der in direkten Übermittlung. Es ist eine Einladung, Hier zu bleiben. Es sind immer wieder dieselben Worte in anderer Form, immer wieder die Frage „Wer bin ich?". Die Einladung Hier zu bleiben und zu erforschen, wer geboren wurde, wer in der Welt ist und wer sterben wird. Wer warst du, bevor du wurdest?

Gib dich einfach dem hin, was ist.
Lass es sich erkennen, es geschieht bereits.

Alles feine Konzepte

Wie stehst du zu Gott?

Wo „ich" ist, ist kein Platz für Gott. Der Raum von Bewusstsein, das könnte man Gott nennen. Wenn du darin ruhst, darin aufgehst, bist du nicht mehr vorhanden. Da ist nur Gott in Gott.

Ich freue mich, wenn ich ihn treffe, wie wenn ich einen guten Freund treffe. Ein Moment des Erinnerns, des Stillseins. Manchmal schau ich mir hier während der Arbeit am Schreibtisch den Hanuman an der Wand an und ruhe einen Moment im stillen Schauen und spüre das Herz, genieße das sanfte Gefühl von Hingabe an das Ganze. Das passiert einfach so, intentionslos.

Doch jeder Shiva, den man kennen kann, ist nur ein kleiner Jivan. Jeder Schöpfer, den du kennen kannst, ist schon etwas Geschöpftes. Denn es gibt keinen Schöpfer. GOTT ist nicht gegeben, er ist das, was gibt, doch selbst nicht gegeben ist.

Shiva, Jesus, Buddha, Brahman, wie du es auch nennst, ist ein Konzept – Gott, das Höchste, alles schöne Konzepte. Ich selbst, Ich Bin ist auch nur ein Konzept, nicht mehr als ein Phänomen, das kommt und geht, so, wie alles, was man kennen kann.

Das, was ich in meiner wahren Natur bin, liegt jenseits von all dem, jenseits von allem und nichts. Es lässt sich nicht erfahren, begreifen, verstehen. Dies braucht keine Anbetung, Stille und keine Heiligkeit, gar nichts. Denn es ist ausnahmslos alles, was ist.

Ich fordere niemanden auf, sich diese Sichtweise zu eigen zu machen. Doch wen es wirklich interessiert, der sollte sich der Frage widmen: Wer war ich, bevor ich wurde? Bin ich nicht immer noch, wer ich war, bevor ich wurde, oder unterliegt mein Sein dem Wandel? Wer erfährt die Erfahrung „ich"? Bin ich, was ich erfahre oder liege ich der Erfahrung zugrunde?

Wem sich die Antwort offenbart, der braucht weder etwas zu kultivieren noch etwas zu verdammen. Denn er ist in allem, was er ist; und nur dies ist wirkliche Freiheit und das ist *Gott*.

In der Hingabe an das, was Hier ist,
kann sich das offenbaren, was nicht erkannt werden kann.

DAS braucht nicht dein ok

Alles ist OK, so, wie es ist, auch wenn du nicht mehr erfassen kannst, dass alles OK ist. Deine Natur ist absolut OK mit ok-sein und nicht-ok-sein. DAS braucht nicht dein ok-sein, um das zu sein, was ES ist.

Du darfst genau so sein, wie du bist, mit all den Impulsen, die da sind. Wenn kein Widerstand mehr gegen die Impulse, die spontan auftauchen, da ist, wenn kein Widerstand mehr gegen den Widerstand, der auftaucht, ist, dann hast du den Weg der Befreiung angetreten und bist gleichzeitig augenblicklich frei. Alles, was du mit Meditation, Therapie, Heilung, Satsang „machst", ist nur ein subtiler Kampf im Traum, der dich an die Idee von Befreiung bindet und dich damit gefangen hält. Nichts zu „tun" und damit den inneren Impuls zu verleugnen, ist auch nur ein weiterer Kampf, um nicht mit DIR in totaler Berührung zu sein. Jede Befreiung im Traum, die du brauchst oder suchst, gibt nur dem Kraft, den es gar nicht gibt. Damit bindest du dich nur weiter an die Idee von Befreiung, was das nächste Gefängnis ist, das ist endlos. Genieße, was ist, und verschwinde in dieser Bedeutungslosigkeit, die in allem Schönheit offenbaren kann.

Wenn die Hingabe den Hingebenden hingibt,
und das kannst du nicht machen,
es geschieht, so, wie letztlich alles geschieht,
siehst du, das, was du bist, ist immer schon frei.

Nicht-Wissen

Ich habe keine Ahnung mehr; ja, das ist so der Stand der Dinge, keine Ahnung mehr.

Das ist auch mein Stand.

Verliebe dich in die Ahnungslosigkeit und das Leben läuft mehr und mehr von allein. Dann musst du nicht zweifeln über den Zweifel, der auftaucht, weil das erst das Problem macht. Zweifel taucht auf – ja, denn das Leben an sich ist immer zweifelhaft, denn nichts ist je „fest"; das Leben ist in Bewegung, es tanzt unkontrollierbar mit sich selbst. Du kommst immer wieder an die nächste Kreuzung. Gehe ich jetzt links oder rechts oder geht es geradeaus weiter. Und manchmal steht da ein großes Stoppschild, dann musst du erst mal schauen und für dich als Mensch reflektieren, was der liebevollere Weg ist. Du kriegst immer wieder eine Szene serviert und weißt nicht wirklich. Klar hast du Erfahrungen gemacht. Manchmal ist es möglich, nach den Erfahrungen zu handeln oder danach, was man gelernt hat, und manchmal nicht. Nichts ist sicher, das Leben ist in Bewegung.

Ich genieße es, hier zu sein. Dennoch verstehe ich nicht, wenn ich dem Ganzen durchweg folge. Ich kann es nicht fühlen; ich glaube, das ist es, was mich daran immer wieder irritiert, traurig, verständnislos oder sogar manchmal wütend macht.

Das gefällt mir, was du zu deinem Erleben sagst. Ja, *Es* ist nicht fühlbar, nicht wissbar, nicht kennbar, und in der Nicht-Kenntnis deiner selbst offenbart sich *deine Natur* unweigerlich als das, was jenseits von allem und nichts ist, da *es nicht ist*. In der Nicht-Kenntnis deiner Selbst taucht einfach haltlos alles auf – alles an Gefühlen, wie Wut, Traurigkeit, Glückseligkeit, Liebe und Frieden.

Wenn zweifelsfrei ist, was *deine Natur ist,* macht es nix mehr, gleich, was da auch auftauchen mag an Gedanken, Gefühlen, Körpererleben, Erfahrungen vom formlosen Raum, Licht, was auch immer. Da ist ein Gelebtwerden, in dem nichts mehr fest-gehalten, los-gelassen oder verändert werden muss, weil *du unbedingt bist*.

Wenn das, was hier essenziell vermittelt wird, einsickern kann, wird die Freiheit offensichtlich, die bereits da ist. In diesem offenen Austausch kann alles verbrennen, was DEM jetzt scheinbar entgegensteht.

Ich liebe einfach diese Grundlosigkeit des Lebens, so, wie es sich lebt. Das lässt mich immer wieder dankbar und still zurück.

Mir sind Wege, Ideen, Prozesse, Heilungen, Erwachen und all diese Vorstellungen nicht wichtig. Ohne diese Dinge lebe ich besser. Denn dies passiert sowieso in jedem Moment. Ich liebe es, mit Menschen echt zu sein. Schön, dass du hier bist. Schön, dass du bist.

Ein Geschenk von Bedingungslosigkeit

Es wird sich nichts verändern, das sind nur Lügen, mit denen man den Verstand ködert. Traumhafte Zustände, die kommen und auch wieder gehen, und dich an eine Idee binden. Es spricht natürlich nichts dagegen, der göttlichen Lüge hinterherzulaufen, der Idee, du könntest etwas bekommen. Solange es dir Freude bereitet, dich Selbst zu belügen, bitte schön.

Wer sollte etwas bekommen?
Wer könnte etwas erreichen?

Wenn das anscheinende Missverständnis aufgedeckt ist, und dies geschieht spontan aus sich heraus, wird einfach gesehen, was ist. Da ist bedingungslose Schönheit ohne eine Definition von Schönheit.

Das, wovor du mit deiner Suche nach Gott, Erleuchtung oder Erwachen fliehen wolltest, ist das, was ist, genau so, wie es ist, und das wird sich auch mit dem scheinbaren Erwachen nicht verändern.

Es ist dieses persönliche Bemühen, erfolgreich zu sein, es in der Hand zu haben, es kontrollieren zu wollen. Mit dem Erwachen halten wir es ebenso, um eventuellen Niederlagen und Fehlschlägen zu entgehen, um uns immer wieder vor dem Leben zu schützen. Das ist dieser Kampf, um irgendwo anders hinzugelangen. Doch Erwachen ist die intime Berührung mit dem, was jetzt ist. Erwachen lässt dich absolut nackt zurück. Das, was *ist*, ist einfach das, was hier ist. *Dies* ist die einzige Sicherheit, die es gibt.

Welch ein Geschenk absoluter Bedingungslosigkeit. Du musst keine Bücher lesen, keine Konzepte verinnerlichen, keine Satsangs besuchen, nichts. Du bist es in allem, genau so, wie es sich zeigt.

Sei dankbar, wenn du der Suche müde wirst. Lehne dich zurück und genieße. Was kommt, wird auch wieder gehen, wenn es an der Zeit ist. Es braucht kein Loslassen, kein Wissen und keine Erkenntnisse. Denn das hier ist es bereits, das kann gar nicht verstanden werden. Da ist einfach die unmittelbare Erfahrung, wie sie ist.

Es geschieht genau das, was geschehen soll, und es ist immer in sich absolut perfekt. Das, was du bist, ist die bedingungslose Schönheit, schau doch.

Lass das Sehen, sehen sein.
Lass das Hören, hören sein.
Lass das Riechen, riechen sein.
Lass das Fühlen, fühlen sein.

In dieser Einfachheit hat die Idee von dir oder Erwachen schon gar keinen Platz mehr. Erwachen ist in permanenter Bewegung, es offenbart sich in jedem Moment auf einzigartige Weise.

Lass das, was ist, hier sein und sieh. So ist es direkt möglich, dass sich das Wunder dessen, was jetzt ist, genau hier offenbaren kann. Es gibt keine Fragen, die beantwortet werden müssen, keinen Ort, zu dem man gelangen müsste, nichts, was man werden muss, weil du in allem bist, was du bist. Das ist dein natürlicher Zustand, dein Zuhause. Die Süße der Heimatlosigkeit, die einzig Freiheit ist.

Akzeptanz oder das Lassen der Dinge

Vielleicht hat jemand eine Frage, die ihn hat suchen lassen oder hierher gebracht hat. Ich habe Lust, mich ein bisschen mit euch zu unterhalten, Konzepte auszutauschen, zu schauen, was wirklich da ist. Und zu schauen, ob es wirklich deine Frage ist, die dich zutiefst bewegt oder ob du Fremdwissen aufgenommen hast, weil es sich scheinbar gut anhört, ein attraktives Ziel ist, das letztlich aber nur Ballast ist, der dich von dir wegbringt. Vielleicht ist es ja wirklich ein Ziel, ein Weg, der zu dir gehört. Keine Ahnung, schaun wir mal.

Was hat dich hierher geführt?

Bei mir ist es so, dass ich im Moment merke, dass ich irgendwie alles komplett neu bewerte, was ich ewig lange als Bild von der Welt hatte. Wie ich mir zum Beispiel mein eigenes Leben vorstelle. Was ich denke, was wichtig ist, wo für mich irgendein Weg ist. Ja, und seit ein paar Wochen ist es so, dass ich das Gefühl habe, die ganze Zeit mit so einer krassen Illusion gelebt zu haben. Das Bild, das ich in mir hatte, kommt mir einfach wie eine Illusion vor, in vielen Dingen. Wie so ein Weggucken von dem, wie es wirklich ist. Im Grunde habe ich immer eine Ausrede gesucht, um mich irgendwie durchs Leben zu mogeln und den echten menschlichen Sachen dauernd aus dem Weg zu gehen. Das ist mein Eindruck.

Schön, das zu sehen.

Ist schon nicht schlecht, wenn es vorbei ist. Ach, was heißt, wenn es vorbei ist, vielleicht mehr zur Ruhe gekommen ist. Im Moment tut es krass weh, weil ich dann direkt so viele Unzulänglichkeiten an mir bemerke. Wie ich mit Menschen umgehe oder wie viel Unehrlichkeit von mir dabei ist. Vielleicht ist Unehrlichkeit ein zu starkes Wort, weiß jetzt nicht so genau

Ist ein gutes Wort.

Es ist eben ein bitterer Lernprozess, sage ich mal. Man weiß ja dann eigentlich meistens, ok, die Veränderung tut weh, so sehe ich das. Deswegen ist es auch gut und man kann froh sein, dass man die hat. Ja, ich kann es auch gar nicht besser beschreiben.

Was ist denn dein Bedürfnis?

Authentizität, das ist so eine Sache, die ganz wichtig ist für mich persönlich, mich freizumachen von allem, was ich denke, dass ich so sein oder was ich machen sollte. Zum Beispiel viele Ideen, die ich habe, ob es gut ist, wenn ich anderen helfe. Aber woher weiß ich das denn? Woher weiß ich, ob ich der Frau gut tue, wenn ich sie zwei Nächte bei mir aufnehme? Hilft es ihr in ihrem Leben, wenn sie dann bei mir zweimal in der Wohnung schläft und nicht im Regen steht? Keine Ahnung. Also probiert man es vielleicht. Doch am Ende denkt man, nein, ich kann es selbst nicht mehr und muss sie raus in den Regen schicken. Ist es gut, ist es schlecht, habe ich was Gutes gemacht, hat es ihr geholfen? Ich weiß es gar nicht. Aber ich habe auch keine Lösung. Es ist keine Hilfe, die man dann geben kann. Es ist halt einfach irgendwas.

Darauf gibt es keine Antwort oder Lösung. Es ist nur möglich, zu sehen, was jetzt ist. Wenn der spontane Impuls ist zu helfen, stimmt es jetzt für mich. Und vielleicht stimmt es am übernächsten Tag nicht mehr, dann ist natürlich hart „nein" zu sagen, aber es ist das, was ist. Wesentlich ist, dem lebendigen Impuls zu folgen. Ich finde spannend, was du über Authentizität mitgeteilt hast. Das ist ja auch nur ein neues Konzept.

Wie meinst du das, Konzept? Für einen selbst, wenn man versucht, Authentizität zu erreichen?

Für mich ist Authentizität, zu sehen, dass du unehrlich bist und dich davon berühren lässt. Authentizität fängt dann an, wenn du den Begriff vergessen hast. Kinder sind authentisch. Die wissen davon gar nichts.

Solche Fragen habe ich mir auch schon gestellt. Jetzt im Augenblick habe ich das Gefühl, auf der Spur zu sein. Ich weiß irgendwie genau, wo es für mich langgehen soll und dann stellen sich solche Fragen überhaupt nicht mehr. Wenn es so sein soll, dann ist es so. Wie zum Beispiel, ob ich jemandem helfen soll. Das weiß ich dann genau, wenn es soweit ist. Und wofür es gut ist, das merkt man erst später. Das zeigt sich dann eigentlich immer irgendwie. Es scheint eine Botschaft dabei zu sein. Zumindest für mich. Ich weiß nicht, ob das so sein muss, aber bei mir ist es so.

Weißt du, von meiner Geschichte her bin ich ein ängstlicher und unsicherer Mensch. Aber ich habe mich in das Hier total verliebt. Das passiert einfach aus dem Herzen heraus, dass ich mich hersetze, Zuhause in meinem Wohnzimmer oder hier, dass ein paar Leute kommen und dies Setting stattfindet. Ich sitze dann erst einmal da mit so einem Herz¬rasen – da ist einfach Unsicherheit. Und wenn die vollständig da sein darf, gibt es gar keinen Unsicheren mehr, sondern einfach nur das, was, was da ist. Wenn es ganz da sein darf, kommt und geht es. Und dann ist die Unsicherheit genauso willkommen wie die Liebe und die Glückseligkeit. Die Leichtigkeit ist genauso ein Teil wie Schmerz. Dann kannst du nix mehr rausnehmen. Klar, es passiert immer wieder, dass man versucht zu verleugnen oder dass man vielleicht in einer Arbeitssituation oder im Job jetzt nicht vollständig mit dem ist, was ist. Einfach immer wieder nur zu sehen, was ist.

Ja, genau. Wenn du sagst, dass die Unsicherheit jetzt vollständig da sein darf, ist das wieder genau der Punkt, den ich nicht vollständig verstehe. Kann ich nicht wirklich umsetzen, weil ich bin immer noch da. Ok, die Unsicherheit darf da sein, trotzdem bin „ich" immer noch da.

Was meinst du damit, „ich bin immer noch da".

Es ist immer noch der da, der unsicher ist.

Dann lass ihn doch da sein, das stört doch gar nicht. Das lässt dich Mensch sein – etwas sehr Schönes.

Das finde ich einen total wichtigen Punkt. Ich hatte jetzt eine Zeitlang das Gefühl, hier nicht richtig reinzufinden und zu denken, oh ja, ist alles interessant. Aber ich fühle mich nicht mit dem Thema verbunden. Doch jetzt gerade, glaube ich, bei mir ist ganz viel Angst, die ich nicht ganz da sein lasse und deswegen löst sie sich nicht auf. Ich würde auch total gerne wissen, wie kann ich sie ganz da sein lassen, um sie dann auch wieder loslassen zu können. Das würde ich mir wünschen, dass du das noch mal gut erklärst. Ich weiß auch nicht, wie man das machen kann, so dass ich es umsetzen kann.

Das Paradoxe ist, es setzt sich um, wenn die Umsetzung uninteressant wird. Also, wenn es dir wurscht ist, ob du es loslassen kannst oder es vollständig da sein darf. Du siehst einfach, da ist Angst, kannst sie aber nicht ganz da sein lassen. Das ist der momentane Stand der Dinge – und nicht mehr dran zu schrauben. Nicht mehr versuchen loszulassen, kein Muster zu lösen, sondern vollständig mit dieser Halbheit zu sein.

Ja, da ist schon wieder das Wort „vollständig". Was heißt vollständig?

Vollständig ist einfach das, was ist. Alles ist vorhanden.

Das ist echt der Schlüssel. Ja bitteschön, Angst – dann bist du eben nicht da oder nicht ganz da. Ist ja auch ok.

Sie muss nicht gehen, und sie muss nicht mehr da sein, als sie ist. Du bist absolut gut, genau wie du bist. Du sollst gar nicht anders sein.

Gottes Wille ist Das hier

Diese Frage, was die Welt eigentlich braucht, hat mich als Kind total beschäftigt. Da gibt es so Sachen wie, wenn man mit jemand anderen etwas gleichzeitig ausgesprochen hat, darf man sich etwas wünschen. Das weiß man aus den Märchen, man muss sich das ganz gut überlegen, was man sich jetzt wünscht. Dann habe ich mich immer gefragt, ok, was wünsche ich mir denn jetzt? Was wäre denn wirklich gut? Dann dachte ich mir, ok, da ich halt so typisch christlich erzogen worden bin, wünsche ich mir, dass alles so wird, wie Gott es will. Dann habe ich mir das gewünscht und nichts ist passiert; und mich gefragt, ja ist nun alles schon so, wie Gott es will oder was? Ich habe es nie rausgefunden, ob der Wunsch in Erfüllung gegangen ist, weil es schon so ist oder ob das mit dem Wünschen nicht klappt.

Du hast dir das gewünscht, was schon da war. Du hast dir gewünscht, was bereits ist.

Ja, das hat mich auf jeden Fall sehr beschäftigt. Man darf ja auch nicht verraten, was man sich gewünscht hat. Sonst geht es nicht in Erfüllung. Deswegen konnte ich auch nie mit jemand darüber reden.

Hier darfst du. Hier hört keiner zu. Hier gibt es nur Hören, ohne einen Jemand, der hört. Da ist nur Hören ohne Hörenden und Sprechen ohne einen Jemand, der spricht.

Das Wohlergehen der Welt hängt vielleicht davon ab. Wenn ich es mitteile, geht es nicht in Erfüllung, also konnte ich nicht darüber sprechen.

Schön, dass du es ausgesprochen hast. Der persönliche Wille und Gottes Wille ist nie voneinander getrennt. Jetzt kannst du beides hinter dir lassen. Du bist immer schon frei. Es gibt nur DAS. Einfach so, wie es ist. Mit Denken darüber, mit Fühlen, mit hier Sitzen. Da gibt es kein näher dran und kein weiter weg, das ist das Schöne.

Das ist das, was du mit der Unbedingtheit sagen möchtest. Egal, ob du gerade Zuschauer bist, der bewusst guckt oder der, der in den Film involviert ist, du bist sowieso, was du bist. Meintest du das mit näher dran oder weiter weg gibt es nicht?

Ja. Es gibt die Idee vom Göttlichen, dass wir das erreichen können. Aber das Göttliche drückt sich genau durch das hier aus. Das Göttliche drückt sich durch die Tankstelle da vorne aus und durch die Autos, die vorbeifahren. Das Göttliche manifestiert sich im McDonald's, im Atomkraftwerk und im Demeter-Bauern und durch diesen Talk. In totalen Gegensätzen und im Mittelwert. Es ist immer DAS so, wie es ist.

Im sich Verlieren hat es sich nicht verloren, kam sich im Suchen (scheinbar) näher und hat sich gefunden, und im Finden wurde nichts gefunden. Einfach *dies*, aha, DAS ist *es*. Dann merkst du, du warst immer das, was *du* bist. Am Anfang ist es vielleicht frustrierend, du hast so lang gesucht, dann lachst du irgendwann nur noch darüber. Du lachst auch drüber, wenn du nicht mehr lachen kannst. Dann wird das Leben einfach zu seinen Bedingungen gelebt, weil es nicht anders sein kann. Dann hat man mal kalte Füße, und mal sind sie schön warm. Sommer und Winter wechseln.

Kümmere dich um das, was dir am Herzen liegt

Weißt du, du hast anfangs gesagt, dass du gar nicht so einen Zugang gefunden hast, obwohl es sich für dich interessant anhörte. Aber ich erlebe einfach die ganze Zeit, wie du voll dabei bist und finde es total schön, dich zu sehen beim Denken, Forschen, Schauen ... was passiert hier, was passiert mit mir, was ist jetzt ...

Ja, das war zwischendurch so. Aber ich war auch anfangs immer mal eingeschlafen. Doch das hast du ja auch gesagt, Schlaf ist ja auch einfach da. Ja es ist so, wie es ist.

Das hörte sich nach deiner ursprünglichen Frage an, wie du als Kind gefragt hast. „Ja, was ist denn Gottes Wille, wie kann sich der zum Ausdruck bringen?"

Ja, das war, als du meintest, was meine ursprüngliche Frage sei. Dabei ist mir eingefallen, dass ich mich das als Kind gefragt habe, was Gottes Wille ist. Ich frage jetzt nicht mehr so nach dem Willen Gottes, sondern solche Sachen, wie letztens, als die Idee auftauchte, dass ich so gerne einen Esel hätte. Nicht ein Auto, sondern einen Esel. Wie ernst nehme ich diesen Wunsch? Sage ich nun, ich ziehe irgendwo aufs Land, damit ich das machen kann, weil ich nur dieses eine Leben habe? In diesem Sinne frage ich mich das immer noch. Was ist mit dem, was ich mir wünsche, was ist mit meinen Sehnsüchten, wie ernst möchte ich sie nehmen? Wie will ich leben? Will ich sagen, nein, geht alles nicht oder sage ich, wow, so groß sind meine Möglichkeiten, ich mache, was auch immer? In dem Sinn frage ich mich das immer noch.

Wunderschön. Weißt du, ein erfülltes Leben ist, wenn du deine tiefste Sehnsucht lebst und du das machst, was dich im Moment anzieht und dich im Geschehen aufgehen lässt, was dir Freude macht, was du liebst, dir als Mensch wirklich gut tut – und nicht die Vorstellungen, die Religion, spirituelle Lehrer, Therapeuten, Papa, Mama, deine Freunde an dich heften. Wenn es nichts mit deinem Herzenswunsch und deiner gegenwärtigen inneren Bewegung zu tun hat, dann lasse es hinter dir.

Kümmere dich um das, was dir wirklich am Herzen liegt. Tue, was dich berührt und lebendig Mensch sein lässt.

Meditation – mit dem sein, was ist

Ich weiß, dass ich meditieren sollte, aber ich schaffe es nicht täglich. Ich bin zwar ehrgeizig, aber mein Kopf ist immer so voll.

Wer hat dir das denn gesagt, dass du meditieren sollst?

Tue, was dir Freude macht und dir am Herzen liegt und lass dich nicht domestizieren für irgendwelche Ideen, die man dir überstülpt.

Wenn du meditieren möchtest, lass den Kopf voll sein. Die einzige „Übung" ist, mit dem zu sein, was ist. Wenn die Gedanken keinen Abnehmer haben, kommen sie zur Ruhe.

Ehrgeiz ist nach meiner Erfahrung oft das Problem, denn da ist ein Wollen. Meditation ist aber nicht Wollen, sondern Da-Sein mit dem, was ist, ohne Ziel. Meditation ist kein Weg und hat kein Ziel, auch wenn der Verstand so etwas gerne daraus macht. Soll er erzählen – höre dem Quatsch nicht zu, relax!

Für mich ist da einfach der stille Genuss, mit dem zu sein, was ist. Da ist nur dieser Moment, das Einzige, was wir „haben", dieser ewige Moment.

Dies hier ist eher die Einladung, das Kind beim Namen zu nennen; Kind zu sein, ohne dem Gegebenen auszuweichen. Eine lebendige Kunst, ganz du zu sein, und die Gedanken, Gefühle und den Körper so zu erleben, wie es jetzt ist, es ganz da sein zu lassen, ohne damit etwas zu machen, ohne aufspringen zu müssen – und in allem zu sein, was *du bist*.

Es ist niemals nicht der »richtige Weg«

Ist man auf dem richtigen weglosen Weg, wenn man den Verstand verliert?

Es gibt kein richtig oder falsch auf dem, was du weglosen Weg nennst, da es immer ist, was ES ist. Wegloser Weg ist ein Begriff für das Wandern auf dem non-dualen Pfad. Ein Reisen ohne Reisenden. Ein Erfahren von Moment zu Moment so, wie es ist. Da gibt es kein Ankommen und kein Zuhause, nur dieses endlose Geschehen, in dem die Leerheit durch die Leerheit tanzt und sich in allem erlebt als das, was es ist. Da ist kein jemand, der von A nach B wandert, um ein Ziel zu erreichen. In allem berührst du dich selbst.

Das heißt nicht, dass es im Alltag keine praktischen Ziele mehr gibt. Du hast sicher andere Vorlieben und Bedürfnisse wie ich, andere Tendenzen, die sich auswirken, und immer ist es genau so gewollt. Das ist nicht fix, es ist in Bewegung, genau der Szene entsprechend. Tue, was dir am Herzen liegt, und sei in allem, was du bist, lass dich darin berühren von deiner Existenz, lebe und eine Loslösung wird geschehen.

Das Einzige, was es schräg macht, ist, persönlich zu nehmen, was da geschieht. Da ist einfach nur dieses absolute Geschehen in Bewegung mit sich, in allem was ist.

Wenn du den Verstand verlieren solltest, hoffe ich für dich, dass du den Besitzer des Verstandes auch los wirst, die „Ich-Idee", und damit frei bist in dem Erkennen, dass da immer nur Bewusstsein ist, das den Verstand benutzt, um bunte Seifenblasen zu produzieren. Es offensichtlich wird, dass niemals irgendwo ein substanzieller Jemand existent sein kann, der etwas tun oder lassen könnte. Es ist ein absolutes Geschehen ohne eine getrennte Wesenheit, die etwas tun oder lassen kann, nirgendwo. Immer nur DU als absolutes Was.

Es ist die Natur von Bewusstsein, sich aus einer totalen Grundlosigkeit zu erheben, die Szene genau so darzustellen, wie es erscheint, mit Schmerz, mit Freude, mit Isolation, mit Nähe, dem Austausch hier, einfach so, *Dies* hat einfach kein Ziel. Du bist vor Identifikation und Nicht-Identifikation, vor Bewusstheit und Unbewusstheit, vor Form und Formlosigkeit, vor jedem Kenn- und Wissbaren. Das ist, was *du bist*. Du, der du in der Loge sitzt und jede Szene des Films einfach nur genießt, bist nicht gegeben. Da ist kein Objekt, da ist gar nichts, *Du bist* nicht.

Genieße einfach, genieße auch, dass du es nicht genießen kannst. Die eine Erfahrung braucht die andere, gegensätzliche Erfahrung, um zu erscheinen, und in beiden *bist du*, was *du bist*. Es ist frei, tanz mit.

Mit dem Nicht-Wissen im Tanz zu sein,
macht das Leben zu einem Abenteuer.
Es ist niemals nicht der „richtige Weg".
Du bist getragen, absolut.

Selbstgenuss

Ahnungslosigkeit, in der du versiegst, Nicht-Wissen, das Frieden ist, bleibt übrig und offenbart sich auf jeder Stufe von Bewusstsein. Die Nicht-Antwort, die sich nie verändert, und das ist auch hier und jetzt schon. Deshalb lade ich dich einfach ein, im Nicht-Wissen zu verweilen, es zu sein. Hier ist die Einladung zu sein, was du bist, und das Leben zu genießen. Das braucht nichts, denn alles ist bereits da, so, wie es gebraucht wird.

Hier ist die totale Ahnungslosigkeit und das gibt mir totale Sicherheit. Ahnungslosigkeit, Nicht-Wissen ist meine Natur und sie entfaltet sich als Absolutheit dessen, was IST, als Gewahrsein, als Anwesenheit, als Person und in keiner dieser scheinbaren Umstände hat sich das, was ich bin, verändert. Es ist in all dem, was es ist.

Involviert, verhaftet, losgelöst, vertieft, oberflächlich, lustig, leicht oder ernst, süchtig oder gleichmütig, in Einheit, getrennt, Nicht-Zwei, immer

DAS. Das ist gemeint, wenn ich sage, für mich passiert nichts. Nur das ist Freiheit. Freiheit, die unbedingt ist.

Die Person ist gestorben, völlig verschwunden, es ist nix passiert. Sie hat sich scheinbar wieder zusammengefügt und es ist nix passiert. Das ganze System hat sich aufgelöst im Raum des Bewusstseins. Einfach nur Space, tagelang. Jeden Morgen ist der Körper aufgewacht und da war nur reines, formloses Bewusstsein. Aber das, was *ich bin,* die Natur von Bewusstsein, hat sich dadurch nicht verändert. Nur das ist Freiheit oder Erwachen. Alles andere ist ein weiterer Traum, der dich bindet. Jetzt genieße ich einfach, total Mensch zu sein, in allem, was kommt und geht, zu sein, was ich bin.

Wenn du alles mit deiner Suche abgegrast hast, siehst du, es gibt keinen Ausgang und es wird nicht wirklich besser, denn jeder Weg ist nur ein weiteres Gefängnis, eine weitere Illusion, eine Lüge und das lässt dich einfach zufrieden, akzeptierend und still genießend zurück. Die Welt ist flüchtig, man kann nicht wirklich an etwas festhalten. Wenn man anfängt, an den Dingen zu halten, wird es anstrengend.

Kümmere dich um die praktischen Dinge im Leben und leugne dabei nicht deine absolute Natur. Einfach den Alltag zu leben, das Leben zu genießen und zu den Bedingungen zu leben, wie es möglich ist, das ist die Einladung. Das Leben kennt seinen Weg und darin ist das Vertrauen gegründet. Selbstgenuss ist, in dem, was ist, die Schönheit zu sehen. Menschen, mit denen man Zeit verbringen kann, den Duft, das Sonnenlicht, die Bäume, die Natur, die einfach gut tut. Aufgehen im Moment, gleich wie er sich zeigt. Das ist Selbsterkenntnis, die sich ganz menschlich ausdrückt. Das sieht man oft bei älteren Menschen. Die sitzen abends auf einer Bank an der Straße, unterhalten sich ein bisschen, genießen es, da zu sein und dass es nirgendwo mehr hingeht. Und es ist immer genau das, was ist.

Die Hingabe und die Leidenschaft zu leben

*Der Nektar der Offenheit für das Leben schmeckt unbeschreiblich süß.
Ich bringe all das meinem Geliebten, dem Höchsten, PARASHIVA, dar.*

Was berührt dich in der lebendigen Bewegung des Lebens?
Was zieht dich jetzt an?
Was sind deine Interessen?
Was weckt die Leidenschaft in dir?
Was ist deine tiefste Sehnsucht?
Was liebst du wirklich?
Folge dem, ohne zu hadern und tanze mit.

Schau, was dem entgegensteht und lass dich nicht aufhalten, sieh und tanz weiter. Folge deiner inneren Bewegung. Gib dich dem hin und lebe dein Leben. Tauche tief ein in deine natürliche Bewegung, in das Selbst und spüre immer wieder das Feuer, das dich bewegt, und tanze mit ihm dein Leben. Lass dich von der Gegenwärtigkeit berühren und fließe mit.

DU hast dir selbst deinen Herzenswunsch in die eigene Mitte gelegt. Leb das, was dir am Herzen liegt.

Lebe, was du liebst und genieße die Süße und Schönheit, du Selbst zu sein. Es lebt sich aus sich heraus. So, wie du jetzt bist, genau so, sollst du sein. Es ist ein lebendiges Gebet. Dadurch, dass du liebst und lebst, brennst du für GOTT.

Der natürliche Yoga

Katzen-Yoga oder ein Leben in Hingabe an DAS, was unmittelbar hier ist.

Jetzt gibt es kein Problem, da ist einfach die Erfahrung, so, wie sie ist. Das, was man „Problem" nennt, ist nur das Denken über das Denken. Nur das Denken über die Erfahrung, die gerade ist, kreiert scheinbare

Probleme. Überprüfe es für dich und glaube kein Wort. Du sagst vielleicht: „Aber ich habe doch dieses Problem und diese Sorge!" Sorry, hat das wirklich tragende Substanz oder ist es nur ein Sammelsurium von Gedanken, das Druck auf dich ausübt? Ein Problem oder eine Sorge entsteht immer durch einen Gedanken, der in Bezug zur Vergangenheit bzw. zur Zukunft steht: „Was wäre wenn?" oder „Aber schau doch, damals und was soll werden?" Und dieses Ganze gründet auf der Besitzer-Idee, dem Ich-Gedanken.

Angenommen dies und das könnte geschehen. Du siehst im denkenden Verstand einen Film über eine wahrscheinliche Zukunft, bedauerst vielleicht noch die vergangenen Erfahrungen und dieser Film füllt die gesamte Gegenwart aus.

Bist du „ganz" in dem, was ist, so, wie es ist? Ich meine wirklich, ganz konkret mit dem, was ist, dem Körper, den Füßen, die auf dem Boden stehen. Dem Stuhl, auf dem du sitzt. Bist du ganz mit der Luft, die du atmest, die in dich einströmt, einfach das, wie es gerade ist, die unmittelbare direkte Erfahrung. In dem, was gerade ist, was gerade wirklich geschieht, gibt es kein Problem. In der konkreten Erfahrung ist kein Platz für ein Problem. Da ist einfach das, was ist, so, wie es ist.

Selbst wenn gerade der Körper schmerzt. Eine Erfahrung von vielen Erfahrungen. Das ist etwas, das kommt und geht und im Lassen dessen, was ist, offenbart sich auch im Schmerz eine Süße. Du entspannst dich mit dem, was ist, denn auch darin versteckt sich Gott oder Bewusstsein. Gott, Bewusstsein offenbart sich in allem, wenn wir kein Bild und keine Vorstellung darüber haben. Lass dir das mal auf der Zunge zergehen, Gott oder Bewusstsein manifestiert sich, wird zu einem Menschen. *Nichts* will sich als *Etwas* erfahren. Er will mit sich spielen, sich erfahren und genießen.

So wird er zur Form, zu Fleisch und Blut, zu einem Menschen, will sich bewegen, in Berührung sein, kann fühlen, riechen, hören, sehen, schmecken. Aber anstatt dies jetzt ganz zu sein und es so zu genießen wie es ist und sein Bestes zu geben, denkt er über eine Zukunft nach, die besser sein könnte, nur um den Moment, wie er ist, loszuwerden, letztlich zu vermeiden, was gerade ist, mit Ideen von Heilung, Erleuchtung, Erwachen, einem Aufstieg in andere Dimensionen. Mit Gedanken voller Sorge, Angst und Zweifel ... Wie soll das nur werden? Was könnte passieren? Und was mache ich dann nur?

Ist das nicht verrückt, was Gott da macht?

Er will rein, tief eintauchen in sein Spiel, und ist er drin, will er gleich wieder raus. Er selbst kann sich seinem eigenen Spiel nicht wirklich hingeben. Dies zu sehen und sich von dieser absoluten Hilflosigkeit berühren zu lassen, könnte man Hingabe nennen.

Nun, lieber Gott, lass dir sagen: Höre auf mit diesem Stress, du kommst früh genug wieder raus und im Grunde genommen bist du nicht einmal „wirklich" drin, das ist doch wohl klar. Das ganze Ding hier ist ein Raum der Vorstellungen, obwohl es sich sehr, sehr real anfühlt, aber das wolltest du doch, dass es sich absolut wirklich anfühlt! Fang doch an, es zu genießen, dass du lebst, dass du bist.

Sei nicht verrückt, sei, was du bist! Denke nicht – lebe!

Sei in deinem Körper, solange du einen hast. Erfreue dich an der Schönheit der Welt, solange du eine wahrnehmen kannst. Denke nur dann, wenn es unbedingt notwendig ist, wenn es gebraucht wird und wirklich einen praktischen Zweck verfolgt! Ansonsten stört es dich nur, es macht dich mürbe. Es bedrückt dich. Es frustriert dich, es macht dich wütend, aggressiv und ängstlich im Kopf oder lässt dich in vorgestellten Parallelwelten kreisen. Es macht dir ein wundervolles, einzigartiges Leben kaputt.

Schau, würdest du den ganzen Tag an einem juckenden Mückenstich kratzen? Wäre das sinnvoll? Genau das machst du, wenn du andauernd denkst und an dem bastelst, was ist. Die Idee, etwas müsste anders sein, ist wie ein Juckreiz, die Gewohnheit sich aufzukratzen, so dass du damit nicht mehr aufhören kannst.

Wirklich tiefe Heilung von dem Mückenstich, der dich vergiftet hat mit der Vorstellung, eine eigenständige, aus sich heraus handelnde Person zu sein, kann dann geschehen, wenn du aufhörst zu kratzen und einfach mit dem bist, was ist. Hier offenbart sich die Möglichkeit, die Schönheit zu sehen. Schönheit, die letztlich keine Definition von Schönheit kennt.

Denken ist wie ein Werkzeug. Du nutzt es nur, wenn du es brauchst. Anschließend legst du es weg. Die meisten Menschen können sich gar nicht vorstellen, was für ein Leben das ist ohne andauerndes Denken. Zweckdienliches Denken ist es nur, wenn es einem realen und lebenspraktischen Zweck dient. Denken, wenn es nicht zweckdienlich ist, müllt dich einfach nur zu und trennt dich vom natürlichen Lebensimpuls, der in dir ruft: Du bist, lebe, was du liebst, lebe einfach!

Folge liebevoll berührbar deinem Herzen in diesem Moment. Sei dem treu, dann bist du dir, dem Leben, Gott und Bewusstsein nah und du genießt die Einzigartigkeit des Moments.

Kannst du überhaupt noch mit dem sein, was gerade ist? Einfach hier. Wie eine Katze, wenn sie nicht frisst, wenn sie sich nicht streckt oder gerade auf Mäusefang ist. Sie liegt einfach nur da und genießt es schnurrend, Katze zu sein.

Musst du immer etwas tun oder denken? Lerne einfach nur wieder „Körper" zu sein, der Erfahrungen erlebt. Denn das ist der Grund, weshalb du in einem steckst. Ist dieses einfache Hiersein wieder möglich, werden sich der natürliche Zweck und deine natürlichen Anlagen auf ganz einfache und direkte Weise zum Ausdruck bringen, ohne großes Zutun.

Einfach nur Atem da sein lassen, Erfahrungen kommen und gehen. Seinem Herzen folgen, wenn es still ruft. Sich spüren, schauen in der Welt, gedankenlos Sein. Lass das Denken! Denken ist Energieverschwendung und trennt dich von der Direktheit und vom Genuss des Lebens. Sei sinnlich, genieße!

Lieber Gott, der du dich als Mensch zeigst, sei nicht dumm, indem du zulässt, dass dir unzweckmäßige Gedanken über eine wahrscheinliche Zukunft das Menschsein vermiesen und nur angestrengt machen. Schüttel sie ab wie eine Katze, die aus dem Regen kommt und sich von der Nässe befreit, bevor sie die Wärme der Ofenbank genießt und sich wieder ganz der Schönheit und dem Genuss, einfach da zu sein, hingibt. Du wirst sicherlich wieder nass werden, sie werden wieder kommen diese unnützen Gedanken, und dann schüttel sie wiederum ab. Schau einer Katze dabei zu, wie sie den Regen aus dem Fell schüttelt. Du weißt, wie es geht! Das ist natürliche Intelligenz, ein Akt der Hingabe, ein spontaner Ausdruck des natürlichen Zustandes!

6 Der Schmerz des Erwachens

Angekettet an dieses
vergängliche, brennende Haus,
entzündest du selbst das Feuer,
nährst die Flammen,
die dich verzehren.
(Bankei)

Sehnsuchtsflamme

Irgendwie scheinen zerstörerische Kräfte am Werk zu sein. Ich bin genau wieder da, wo ich vor dem vermeintlichen Erwachen war ... lächerlich, banal, diabolisch. Bei mir brennt nix mehr, alles abgebrannt sozusagen.

Genau diese abgebrannten Reste, zerstörerischen, diabolischen Kräfte sind das Holz, das die Sehnsuchtsflamme wieder entfacht und das Feuer in seiner Schönheit größer werden lässt. Verrückterweise scheint es das zu sein, was tiefer führt und ganz in DEM aufgehen lässt, wenn wir uns dem, was ist, in wacher Präsenz vorbehaltlos hingeben.

Das letzte Satsang-Intensiv war alles andere als ein Spaziergang im Bliss, doch wunderschön – klare, direkte und ehrliche, berührende Begegnungen. Einfach ein waches Sein in DEM, was Ich Bin, und kein Einlassen auf tote Geschichten. All das, was kommt und geht, verbrennt in dem Moment, in dem es auftaucht. Nichts bleibt übrig und das ist Genuss.

Schenke DEM, was sich dir im „Erwachen" offenbart hat, deine ganze Aufmerksamkeit. Sei DAS mit Haut und Haaren. Sei einfach, ohne dir Stress zu machen. Vergiss die Bücher und Videos von denen, die darüber schreiben und sprechen. Die Kraft des Ich Bin wird für dich arbeiten, wenn du daran festhältst.

Leid

Es geschieht durch das Leid selbst, dass Verständnis über das Leid und deine ureigene Natur möglich wird. Leid ist, das zu bekommen, was wir nicht wollen, und das zu wollen, was wir nicht bekommen. Leid lebt nur durch Vorstellungen. Das, was du bist, verändert sich in all dem nicht, ist immer, was es ist. Das ist der Anker, zu dem du zurückkommen kannst, das, was still den Hintergrund bildet. Das, worin alle leidvollen Vorstellungen erlöschen.

Je mehr der Möglichkeit Raum gegeben wird, uns selbst und das, was uns im Leben widerfährt, so sein zu lassen, desto wahrscheinlicher wird es, dass das, was Schönheit, Akzeptanz und Mitgefühl ist, offensichtlich wird. Liebe, Hingabe und Dankbarkeit werden zu deinen Begleitern. Die Dinge kommen und gehen, wie sie kommen und gehen. Du tust und lässt, was getan und gelassen wird, und in allem „bist du". Das ist die Basis – *du bist* unbe-dingt. Das könnte man auch die Natur von Akzeptanz oder Mitgefühl nennen.

Im Verlieren der Vorstellungen, etwas haben zu wollen, was du nicht bekommen kannst und im Verlieren der Vorstellung, die eine andere Vorstellung wollte, um vollständiger da zu stehen, lässt dich das Leben in der leidenschaftlichen Berührung mit dem Leben selbst nackt zurück. In dieser Nacktheit offenbart sich das, was die Nacktheit deiner ureigenen Natur ist – reines, unbedingtes Sein, totales Mitgefühl und Akzeptanz. Das, was ist, auch wenn es nicht so ist, wie es scheinbar sein sollte.

Lass dich und das Leben so, wie es ist – und liebe. Du bist wundervoll und absolut vollkommen, so, wie du bist. GOTT braucht dich, wie du bist, mit dem, was dich in deinem Herzen treibt, mit all dem, was ist. Halte an gar nichts fest und lebe. Es lebt dich. Liebe, was könnte es

Schöneres geben!? Mit dem Mitgefühl und der stillen Akzeptanz dessen, was ist, erlöscht das Leid und erwächst die Möglichkeit, dass wir uns selbst annehmen können, wie wir sind, und nicht so, wie wir gerne sein möchten. Losgelöstsein, Schönheit, Gnade und die Süße der Hingabe weisen den Weg.

Dies ist das torlose Tor zu der Absolutheit deiner Natur.
Es gibt nichts anderes außer totaler Akzeptanz und absolutem Mitgefühl.

Gebet

Weil *du bist*, erscheine ich in DIR.
In dem stillen Erfahren „Ich Bin" bin ich dir nah.
Wenn es dein Wille ist, lass noch das Ich vom Bin abfallen,
so dass alles in der absoluten, unendlichen Liebe
und in undenkbarem Frieden verschmolzen ist.

Danke, dass das ist, was ist.

Hingabe

In der Hingabe ist kein Platz für einen Hingebenden,
Hingabe geschieht.

Sie ist ein Hinweis auf das, was die absolute HINGABE ist,
das LEBEN selbst,
genau so, wie es sich zeigt.

Hingabe kennt kein wozu, wieso, weshalb, warum.
Sie ist ein Ausdruck der Liebe.

Du kannst nichts tun oder lassen,
dem gib dich hin, immer wieder,
das ist alles.

Geschmeidig wie ein Tiger

Bei mir ist alles Mist, irgendwie verfahren, ich stecke fest. Lebensthema verfehlt! Das Leben scheint sich zurückgezogen zu haben. Es schläft seinen Dornröschenschlaf. Nix mit brennendem Dornbusch oder so. Scheiß Schlaf, wo nix passiert, nur tote Hose. Langweiliges, sinnloses Dahingeplätscher. Mag ja mal für 'ne Weile ganz nett sein, nix zu machen, abzuhängen, aber dann vergiftet es einen von innen, zersetzt einen ... Ich muss mit Haut und Haaren vom Leben mitgerissen werden. Innerlich muss es dampfen, brodeln, sich erhitzen, wieder abkühlen, auseinanderreißen, wieder zusammensetzen, umwandeln, verwandeln, hohe Wellen schlagen, in Tiefen abtauchen, neugebären, was weiß ich. Jedenfalls das volle Leben, mit dem ich tanzen, ringen, vergehen und wieder auferstehen kann. Und dazu brauche ich dieses „verdammte" DU, den Gegenüber, den Anderen, den Gegensatz, damit ich mich finden kann. Sonst bin ich nicht da. Verstehst du das?

Du kannst nur dort weitergehen, wo du jetzt bist. Jetzt-Hier spielt die Musik. Schau, was dir möglich ist, tanz mit.

Zudem ist das Leben meist sehr einfach und schlicht zwischen seinen Höhen und Tiefen, die es zu bieten hat. Oft haben wir einfach zu große Vorstellungen, die wir an uns und das Leben binden, anstatt die Schönheit und Lebendigkeit, die das Leben hier bereithält, zu erfassen und mit der Bewegung, die jetzt da ist mitzufließen.

Kannst du mit dem, was ist, wach und eingefühlt sein? Schenke dem immer wieder deine ganze Aufmerksamkeit. In der Einfachheit des Alltags ist es wesentlich, still zu sein, die Lebendigkeit darin zu spüren, um vom Getragensein und Gelebtwerden erfasst zu werden. Bewege dich still und geschmeidig wie ein Tiger durch das Leben. Nutze diese Ruhe, die voller Kraft ist, um tief in das einzudringen, was LEBEN ist, und das Getragensein wird offensichtlich. Nie ist etwas verfehlt, das LEBEN lebt sich durch alles.

Du scheinst Lebendigkeit in Extremen zu suchen, das ist anstrengend. Sommer und Winter wechseln langsam. Lebendigkeit ist immer hier und offenbart sich in jedem Atemzug, im Flügelschlag eines Schmetterlings, in den einfachen Dingen, im Schmerz und in der Schönheit. Die Verstandesidee „Ich" mit all ihren Vorstellungen weiß natürlich immer wieder besser, wie Lebendigkeit und Leben zu sein hat, das kann sehr leidvoll sein.

Wenn ich Extreme erlebe, ist das auch immer wieder schmerzhaft, bis ich mich erneut in die alltägliche, unspektakuläre Ruhe einbette, die Waffen niederlege, Vorstellungen fallen lasse, einfach *hier* bleibe, ganz mit dem, was ist. Daraus ergibt sich der Rest, den inneren Impuls zu erfassen, weiterzugehen, anstatt enttäuscht und unzufrieden auf das nächste Extrem zu warten, und insgeheim zu hoffen, dass es diesmal ewig erfüllend sein wird.

Du sagst: „Ich brauche das Gegenüber, sonst bin ich nicht da." Das ist deine Natur – du bist nicht gegeben. Das kann schmerzhaft sein, ganz allein, und auch eine Erleichterung, alles zu sein, wenn du in die Stille eingefühlt bist und sie dich vollständig geschluckt hat, du dich in allem wieder findest.

Wenn es wichtig ist, ein Gegenüber zu haben, um dich im anderen zu spüren, dann geh jetzt raus in den Park, in ein Café, zum nächsten Satsang oder was du liebst, dorthin, wo du MENSCHEN begegnen kannst, an einen Ort, der jenseits der gemütlich verschlafenen Gewohnheiten liegt. Das ist eine Herausforderung, der Einfachheit des Lebens in seiner ganzen Größe zu begegnen.

Bei mir fügt sich auch nicht alles reibungslos, aber es fügt sich, weil ich einfach einen Standpunkt habe, den ich einnehme und dann in einer Offenheit für das Leben dafür gehe.

Nimm diese Fragen und schau für dich, was dir am Herzen liegt. Seitdem ich diese Haltung verinnerlicht habe, ist mein Leben ein anderes.

Was berührt dich?
Was zieht dich jetzt an?
Was weckt die Leidenschaft in dir?
Was ist deine tiefste Sehnsucht?
Worin gehst du auf?
Was liebst du wirklich?

Folge dem, ohne zu hadern und tanze mit dem LEBEN.

Schmerz

Schmerz ist im natürlichen Zustand wie Erbrechen von Altem. Es ist ein Sich-lösen von etwas Verbrauchtem, eine Form sterben lassen, damit etwas Neues wirklich da sein kann. So, wie der Winter dem Frühling weicht, kommt danach der Sommer, ein natürlicher Zyklus. Alles darüber hinaus hat seinen Ursprung in Gedanken. In Gedanken, es anders haben zu wollen, in Gedanken, die sich an die Vergangenheit oder die Zukunft richten.

Wenn ein Verlust konkret stattfindet: Ich verliere Geld, meinen Job, oder gar einen Menschen, der mich verlässt oder sich nicht auf mich einlassen will, obwohl ich ihn liebe und ich mich ihm sehr nahe fühle, dann reagiert der Organismus mit Schmerz. Das ist die Art, wie ein Verlust verarbeitet wird, es ist etwas Natürliches. Der Schmerz kann wiederkommen, wenn ich erneut mit dem Verlust konfrontiert werde. Ich sehe, höre, rieche, schmecke etwas, was mir den Verlust erneut bewusst macht. Jeder Schmerz im natürlichen Zustand ist wie das Auf-brechen und Loslassen alter Strukturen. Wenn dies geschieht, ist es oft mit intensiven Gefühlen und Erfahrungen verbunden und gleichzeitig total befreiend.

Anders ist es, wenn Schmerz ausgelöst wird durch Gedanken, die mit der Vergangenheit oder Zukunft verknüpft sind. Auf die Vergangenheit gerichtet: „Wie ungerecht und hart hat mich das Leben behandelt!" Gedanken, die in die Zukunft gerichtet sind, können so aussehen: „Wird es denn jemals gut oder bleibt es weiterhin so ungerecht und schwer?" Dieser Schmerz erfüllt keinen sinnvollen Zweck, er befreit dein System nicht von Vorstellungen und Ideen, er stopft zu! Befreiung liegt immer nur in der direkten Erfahrung, so, wie sie ist.

Schau für dich, was den Schmerz verursacht. Ist es ein aktueller Verlust oder eine direkte Erfahrung, die dich erinnern und ihn zur Verarbeitung hochkochen und verbrennen lässt. Oder nährt er sich von Geschichten, die du dir immer und immer wieder still selbst erzählst!

Wenn du nicht lernst, diesen Geschichten, Ideen und Vorstellungen, wie es zu sein hat, keinen Wert beizumessen, in dem Wissen, dass es sich nur um Sensationen des unruhigen Verstandes handelt, und du die Erfahrung, so, wie sie konkret ist, nicht still würdigst und in ihr aufgehst, wirst du leiden, dich mehr und mehr belasten, ohne dass ein Ende absehbar wäre.

Dunkle Nacht

Herr, der du mich auf diesen Weg geführt hast,
lass mich still vertrauen in dem Wissen,
dass nur dein Wille geschieht.

Viele aufrichtige Sucher erleben das, was man die „dunkle Nacht der Seele" nennen könnte. Auch einige Menschen, die mehr aus Neugier angezogen werden oder wenig mit einer spirituellen Suche in Berührung sind, werden wie die Motten vom Licht angezogen. Bewusstsein (das was du bist) will sich schonungslos und vollständig nach Hause holen. Du wirst gar nicht mehr gefragt. Es geschieht!

Und vielleicht ist das eines der ersten „Erwachenserlebnisse", wahrzunehmen, dass alles geschieht. Das Leben ist ein Geschehen und die Erscheinung eines freien Willens, der doch immer wieder mit seinen Entscheidungsmöglichkeiten auftaucht, wird als eine substanzlose, leere Erfahrung erkannt, weil es keinen geben kann, der tut oder nicht tut.

In dieser Phase der Desillusionierung, im Manifestierten wie auch im Geistigen, wird dir alles genommen, woran du halten könntest, damit du dich wirklich als das erkennst, was totale Freiheit ist, das, was *du bist*.

Viel Ungewolltes von deinem Menschsein taucht auf und das, woran du festhältst, was dir lieb und wichtig erscheint, verschwindet aus deinem Leben. Du verlierst vielleicht deine Arbeit, deine Beziehung geht auseinander, Freunde verschwinden aus deinem Leben, deine spirituellen Ideen werden dir zertrümmert, vielleicht verlierst du dein Erwachen – deine Glückseligkeit, dein innerer Frieden verschwindet. Der eine verliert sein Ich und weiß nicht mehr ein noch aus, der andere verliert seine Ich-losigkeit und hätte den guten Space gerne wieder. Alles, was du scheinbar besitzt, woran du scheinbar festhältst, kann dir genommen werden, bis du als *Das*, was die eine Wirklichkeit ist (kein Objekt, kein Um- oder Zustand), zweifelsfrei übrig bleibst.

Dies kann sehr wertvoll sein. Du kannst für dich selbst schauen, vielleicht ist es so, alles, was mich als wertvollen Menschen ausgemacht hat, ist weg, und ich erlebe einen energetisch emotionalen Zustand, der Scheiße ist, aber ich bin. Ich Bin, das ist die Wurzel von Spiritualität, Bewusstsein oder Gott.

Wundervoll, Gott lässt sich nicht bedingen durch besondere Zu- oder Umstände. Du bist die totale Grundlosigkeit. Das Höchste vor allem, was kennbar ist. Sei das, was du schon vor dem Urknall warst. Das, was du warst, bevor dich deine Eltern geboren haben und halte, solange es notwendig ist, an der ersten Erscheinung, an dem Gefühl zu existieren, dem Gefühl der Anwesenheit „Ich Bin" fest, in dem Vertrauen, dass das LEBEN dich lebt. Dann ist oftmals eine graue Trostlosigkeit, bleibe da nicht stehen, du lebst.

Alles, was du für ein würdevolles Leben brauchst, wird zu dir zurückkehren, aber es wird anders sein als zuvor, denn es wird nicht mehr „deins" sein. Du wirst kein Leben mehr haben! Das hört sich vielleicht schrecklich an, aber das ist das größte Geschenk, die Befreiung von Haben und Sein, von Ich und Ich-losigkeit. Du darfst dich genießen, unbedingt von den Zu- und Umständen, die kommen und gehen, in einem totalen Nicht-Wissen über deine Existenz. Diese totale Leichtigkeit zu sein, und noch nicht mal musst du sein, um zu sein, weil du dich als die *Quelle* der Seinsheit und der Welt kennst, die nicht-ist und doch das ist, was Wirklichkeit IST. Dies lässt dich als Mensch sehr demütig zurück, lässt dich das Leben einfach nach seinen Bedingungen leben, das Beste tun, was möglich ist und dankbar sein für das, was ist.

Vielleicht fragst du dich, in welcher Phase du gerade bist, wo du dich gerade in deinem Prozess befindest und wann es wohl ein Ende hat. Ein Punkt, an dem du erkennen kannst, dass du am Ende angelangt bist, ist, wenn du nicht mehr nach dem Ende suchst, weil du erkannt hast, dass es kein Ende und kein Ankommen gibt und es nicht dein Prozess ist. Wenn du dankbar und demütig den Prozess Prozess sein lässt, ohne ängstlich vor dem Leben zurückzuschrecken, mitfließt, ohne zu fragen, in der Bedeutungslosigkeit verschwindest und es genießt, ein kleines Licht in Gott zu sein, wirst du darin die Schönheit sehen und genießen, wie es ist. „Wasser holen und Holz hacken" ist die höchste Form von Spiritualität, weil es gar nicht mehr um dich, deinen Willen oder (deine Idee von) Gottes Willen, dein Erwachen und um (deine Idee von) Einheit oder Erleuchtung geht.

Da ist einfach Leben, das sich lebt. Es beschenkt sich durch sich selbst und braucht nichts, weil es – in der Fülle, hier zu sein – das ist, was ist.

Ausweglosigkeit

Durch das Erkennen der Ausweglosigkeit und der Resignation über sie, und letztlich der Resignation an der Resignation, fängst du wieder an, dein Leben zu den Bedingungen und Möglichkeiten zu leben, die dir gegeben sind. Und du nutzt die Chance, dein Bestes zu geben, da klar ist, das, was *du bist*, kannst du nie erreichen, du kannst es nur *sein*, so, wie du bist. Das mag deine Sehnsucht sein, die niemals dauerhaft erfüllt werden kann.

Durch die Suche, das Verweilen im Nicht-Suchen und die Resignation bist du ja schon auf dich zurückgefallen und konntest erkennen. In diesem Festhalten an der Resignation wirst du immer wieder zerschnitten, und es schmerzt, an der Weisheit festzuhalten. Zu wissen, dass ich nichts bin, ist Weisheit. Diese Weisheit ist ein scharfes Schwert, das dich immer wieder durchtrennt, und so verrückt kannst du doch nicht sein, dich permanent von der Existenz zerschneiden zu lassen und dir trotzdem nicht näher zu kommen. Wieder mit der Existenz im Tanz sein, alles sein und dein Leben leben in der totalen Berührung mit dem, was ist. Den erhofften Ausgang gibt es nicht!

Mit jeder Erfahrung drängst du dich dir auf, mit absolut jeder. Du kannst dich niemals finden, noch kannst du dich verfehlen. *Du bist* DAS.

Du tust einfach, was dir möglich ist, schaust, was dein Ausdruck ist, dir am Herzen liegt und nimmst das Leben zu seinen Bedingungen an. Es gibt nur das Leben, so, wie es ist. Leben ist in permanenter Bewegung, letztlich gibt es nichts, an dem du wirklich halten kannst. Kenne das, was „unveränderlich" ist und verschwinde in dieser Bedeutungslosigkeit, die dich mit der Süße der Losgelöstheit und Dankbarkeit für die Gegenwärtigkeit beschenkt. Alles ist vergänglich, selbst die absolute Leerheit. Lass los und fließ mit. Du bist frei, unbedingt vor allem das, was *du bist*.

Du kannst dir nicht entrinnen

Erkenne, dass du nichts loswirst, dass du nicht rauskommst, dem gib dich hin. Das ist alles. Das ist Selbsterkenntnis.

Lass den Gedanken, nicht verwirklicht zu sein, und du bist verwirklicht. Letztlich kann dich nichts von DEM wegbringen noch kann dich etwas DEM näher bringen. DAS ist ES, das hier.

Heilung

Heilung und ein würdevolles Leben geschehen auf ganz natürliche Weise, wenn du dich wieder als das *Selbst* kennst und deiner eigenen Bewegung folgst. In Würde zu leben heißt, in allem zu sein, was *du bist,* und vertrauensvoll mitzufließen und dabei deinen eigenen Weg zu gehen. Das ist die Grundlage wirklicher Heilung. Tue, was dich anzieht und dir gut tut, dein Herz berührt und das Feuer der Leidenschaft entfacht und brennen lässt. Tue, was du liebst und folge dem. So wirst du auf einfache und natürliche Weise Heilung erfahren, so sie gebraucht wird.

Am Leben hast du dich verletzt, am Leben wirst du heilen, und in der Kenntnis um deine wahre Natur mehr und mehr in das eintauchen, was immer schon *Heil* ist.

Paradies ist dort, wo dein Innerstes zur Blüte kommt und du dich und das Leben genießen kannst.

Die Schönheit des Scheiterns

Wir scheitern immer wieder nur an unseren Ansprüchen, den Ideen und Vorstellungen, wie das Leben sein sollte. Doch das Leben ist wie es ist, es ist nicht anders. Es kann nicht anders sein, sonst wäre es jetzt so.

GOTT irrt sich nicht, dies hier ist ES.

In dem, was ist, liegt eine Einzigartigkeit und eine Schönheit, die durch nichts übertroffen werden kann.

Diese Schönheit immer wieder zu sehen, trägt eine Freiheit in sich, die letztlich gar nicht zu beschreiben ist. Das Wunder des Lebens offenbart sich, wenn der „Wille Gottes" akzeptiert werden darf. Die Schönheit des Lebens zeigt sich in dem, was ist.

DAS ist für Dich

Gleich was du auch versuchst, Therapie, Meditation, Satsang, ... Selbst jeder Erfolg und jeder Gewinn, der damit erzielt wird, berührt nicht im geringsten das, was *du bist*. Dies kann dich stiller werden lassen. Kann dich erkennen lassen, dass die Stille gar nicht übertönt werden kann. Dies kann dich erkennen lassen, dass das, was du bist, gar nicht verdeckt werden kann.

Wenn du erkannt hast, dass die Reise nirgendwo hinführt, hat sie in Wirklichkeit erst begonnen. Sei still, lebe dein Leben und erinnere dich, dass *du bist*.

LEBEN ist Bewegung, Veränderung

Es kann und muss nicht besser werden, da es bereits in jedem Moment vollständig und vollkommen ist. Das, was besser wird, wird auch wieder schlechter; und auch dies wird wieder vergehen. Das ist einfach LEBEN, Bewegung und Veränderung. Dadurch offenbart sich das Bewegungslose und *das,* worin alles erscheint. Es gibt keine Vertiefung in DAS, weil alles darin geschieht und es immer DAS ist. Das Leben ist im permanenten Wandel. Sommer und Winter wechseln, so sind die Dinge. Schmeckst du das?

Es ist natürlich, dass du es dir nach deinen Tendenzen gut gehen lässt. Tanz mit der Schönheit des Lebens und genieße dich! Doch die größte Hürde und eine der festesten Bindungen ist die Idee von einem Ankommen, die Idee, dass es irgendwann immer gut und problemlos sein wird. Dies fällt von dir, wenn es geschehen soll; es geschieht. Es fällt von dir in dem Erkennen, dass es nie fallen wird, wo hin auch, da ist nur LEBEN, das geschieht alles in *dir.*

Unbedingte Leichtigkeit

Es gibt keinen Jemand, der gefangen ist, und somit niemand, der Befreiung erlangen könnte.

Enge und Schmerz, wie Leichtigkeit, Freude und Dankbarkeit tauchen in der Offenheit des Moments auf wie der Herbstwind, der durch deine Haare streicht.

Das Leben ist in permanenter Bewegung.

Dem, was ist ohne Fragen, in Offenheit zu begegnen, beschenkt dich mit Freiheit und Leichtigkeit, die jenseits dieser Worte ist.

7 Das Ende der Suche

Am Ende werden Sie auf so etwas Einfaches stoßen,
dass es dafür keine Worte gibt.
(Sri Nisargadatta Maharaj)

Kein Weg, kein Ziel, einfach nur DAS

Alles ist so unglaublich, doch nichts Besonderes, einfach nur DAS. So heilig, wie sich vom Wind durch die Haare streichen zu lassen. Ein Genuss dazusitzen, sich in der Sonne zu wärmen, sich dem hinzugeben, was jetzt ist. Den Kuss auf den Lippen zu spüren.

Freiheit findest du auch im Gefängnis, und das, was heil ist, wird auch im totalen Irresein offensichtlich, denn es ist immer DAS. Kein näher dran, kein weiter weg. Da ist einfach nur „Sehen", das sich immer wieder selbst trifft. Das bist du, vor allem, was ist. Ich liebe dich, manchmal ist es auch anders, so ist die Welt. Was hat es letztlich mit dir oder mit mir zu tun, wie hoch die Wellen im Meer schlagen.

Schön, mit dir zu sein, mal glückselig, mal im Schmerz, mal völlig befremdlich, im absoluten Widerstand oder in zärtlicher Hingabe, einfach so, wie es ist. Ich mag dich gerne umarmen. Ich liebe dich.

Schmeiß doch einfach die Idee von Erwachen, Erleuchtung und einem Ausweg über Bord. Du kannst DAS niemals nicht sein. Du bist DAS in allem, was ist. Es offenbart sich in der Resignation, in der Traurigkeit wie in der Freude. In Stille und Selbstversunkenheit wie in der totalen Depression oder in alles umarmender Liebe und sanfter Schönheit.

Bist du verrückt genug, die Krücken von dir zu schmeißen? Zu tanzen, auch die totale Bewegungslosigkeit zu sein, zu fallen in das, was ist? Mit dem, was ist aufrecht zu sein und die Grundlosigkeit der Existenz zu genießen und zu feiern, dass *du bist*?

Das, was vor allen Bildern ist, genießt die Inszenierung, die in ihrer Spontaneität perfekt ist. In allen Zu- und Umständen genießt *es* den Film, gleich, was erscheint. Gleich, ob du gerade ich-los bist, eine Idee von dir auftaucht oder du total involviert bist in die Vorstellungen von dir und der Welt. Das sind alles Erscheinungen in der totalen Ich–losigkeit, der totalen Realisation dessen, was IST.

Gleich, was erscheint, es ist getragen von einer Leichtigkeit und einem totalen Genießen, weil es dich gar nicht betrifft, da du dich gar nicht veränderst als das, was du *bist*, der absolute Genießer im Hintergrund, den es gar nicht gibt.

GOTT irrt sich nicht! Oder doch?

Zweifel ruhig weiter, und vor allem an dem, der zweifelt. Was ist, IST.

Bitte um Gnadenschuss

Ich habe schon sehr wohl kapiert, wo ich nur hingehe, wird der Geist (die denkende Substanz) nur sich selbst sehen und nur sich selbst erfahren. Es ist wie in einem Spiegelraum: überall nur ich, und nix mehr. Ich bin der Verursacher und ich bin auch derjenige, der die Folgen genießen darf – so leid es mir nur tut. Ein ewiger Biss in den eigenen Schwanz – ziemlich schmerzhaft.

Schmerzhaft, ja, vielleicht wird er auch manchmal sanft gelutscht, der Schwanz. Sommer und Winter wechseln bekanntlich, und der Biss in den eigenen Schwanz ist nicht ewig, zwischendurch lässt der SELBST-SÜCHTIGE los und fällt in das zurück, was er ist, nicht-kennbar, nicht-wissbar, nicht-fühlbar und doch nicht abzustreiten. Naja und dann kommst du halt wieder für den nächsten Akt. Du kannst dir nicht entrinnen, also genieß dich so, wie du bist.

Ich hab begriffen, dass dieses Kino, wo ich immer rumsitze, die einzige Möglichkeit ist, dass dieses ICH überhaupt aus dem NICHTS auftaucht. Der Zuschauer (der Zeuge) braucht sein Kino, um zu SEIN, und das Kino existiert nur deswegen, weil es da drinnen einen Zuschauer gibt. Und der Arme ist bis zum bitteren Ende verurteilt, auf die Leinwand zu starren, weil er das Kino nicht verlassen kann. Wo soll er denn hin? Es gibt ja kein Draußen für ihn, „weil es da draußen ihn selbst gar nicht gibt ..."

Du sagst es, weil es ihn selbst gar nicht gibt. Das ist Selbsterkenntnis – und jetzt lass jedes Selbst, was erscheint, darin erlöschen; indem du einfach machst, was du machen musst, keine Wahl.

Erwachen oder Depression, der Gnadenschuss oder gemütlich einen Tee auf der Couch. Das hier, so, wie es sich zeigt, ist die absolute Realisation dessen, was IST. Nach dem ES sich aus der *Quelle* erhoben hat, beweist es sich genau so seine Existenz und genießt sich in allem als das, was es ist, und DAS braucht nicht dein Genießen und deine Erleuchtung, da *das hier* die totale Erleuchtung ist. Ich möchte noch mal auf die vielen Ichs aus der letzten Aussage zurückkommen. Es gibt kein substanzielles Ich. Es gibt ein „erlerntes Ich", ein „gefühltes Ich", ein „bezeugendes Ich" – dennoch kein „substanzielles Ich". Das ist alles Fiktion.

Nun kommt die Eine-Million-Frage: Wer, bitte schön, hat das gerade gesagt? Wenn ich in meinem Film eine ziemlich tiefsinnige Aussage mache, bleibt es eben immer noch derselbe Film, oder?

Da ist kein Wer. LEBEN lebt sich genau so! Es ist nicht „dein" Film! Da ist ein totales Gelebtwerden. DAS hat keine Richtung, es ist frei.

Kann der Geist sich selbst erkennen, wenn er grundsätzlich an sich gar nichts nachweist, was zu erkennen ist?

Zu erkennen ist das, was ist, so, wie es sich zeigt – Schmerz, Freude, Anhaftung, Losgelöstheit, Dirty Harry auf DVD schauen, Sanftheit mit dem, was ist, oder im Schmerz sein, in der Idee, es nicht aushalten zu können. Ein leidenschaftlicher Kuss von deiner Nachbarin, in den Samadhi eintauchen, was auch immer. Das ist es und das ist Freiheit. Alles andere wäre eine limitierte Idee über das Leben. Das nächste Gefängnis! ES arbeitet für dich, entspanne, lass ES sich leben.

Ich meine, ICH kann MICH selbst niemals befreien, weil selbst die Worte „ich", „befreien" und „niemals" nämlich in meinem Film von einem nachdenklichen Typen mit den traurigen Hundeaugen gesprochen werden und keine REALE SUBSTANZ beinhalten.

Es gibt nur REALE SUBSTANZ, doch gibt es keinen Jemand, der gefangen ist und damit niemand, der befreit werden könnte. Die Idee „Ich", nur das macht hier die Probleme. Lehne dich zurück, genieße dich, lebe dein Leben. Da ist einfach LEBEN, genau so, wie es sich lebt.

Von wo kommt nun der Gnadenschuss???

Das ist ES. Wenn da was kommen würde, wäre es eine bedingte, eine relative Geschichte, eine kleine Lüge. Da kommt nix, da muss auch nix gehen. Es ist, was es IST. Du bist frei, getragen, absolut.

Ernüchterung

Ernüchterung, die sichtlich erleichtert, weil da niemand ist, der Erleuchtung finden könnte, da bereits alles in der Erleuchtung des einen Geistes geschieht. Es wurde die ganze Zeit danach gesucht, doch *Ich bin* ja paradoxerweise die ganze „Zeit" mitten drin. Hoffnung zerbröckelt, DAS bleibt und ist in allem, was *es ist*.

Schau dir das hier an und sieh, dass es bereits vollkommen realisiert ist. Das, was jetzt ist, ist „Gottes Wille". Ein einziges Geschehen, was aus sich heraus lebt, keine Kontrolle. Was für eine Ernüchterung, mitten in GOTT aufzuwachen.

DAS, was *du bist*, zeigt sich durch das Hier. Du bist immer mittendrin, nichts ist außerhalb von DEM, immer ist es DAS. Das, was erwacht, ist nicht das, was du bist. *Du bist vor* jedem Wachen und Schlafen das, was *du bist*. Genau so, wie es sich zeigt, ist es vollständig realisiert.

Relaxe, lass Gott sein Spiel spielen, genieße das GANZE und sei DAS, was REALITÄT ist.

Es ist absolut frei – du bist DAS

Wie sehr ich noch in dieser „Erleuchtungsfalle" festsitze!

Dies zu sehen genügt, denn *der Sehende* ist vor dem gesehenen Objekt, und damit bist du raus, weil du nie drin warst.

Wir alle sind bereits wach. Schon immer gewesen. Nur haben wir es nicht bemerkt. Der einzige Unterschied besteht darin, dass diese Identifikation mit Vorstellungen oder Gedanken und die künstliche Kreation eines Ich wegfällt.

Ja, durch das Erwachen offenbart sich das „Ich" als unwirklich, hier fängt die Reise erst an. *„Das Erkennen geschieht spontan in einem Moment, das Erforschen davon ist ohne Ende."* So hat es Nisargadatta sehr treffend zum Ausdruck gebracht. Um wirklich frei zu sein, lass das „Erkennen" tief in dich einsinken und die „Erwachte" als substanzlose „Identität" fallen. Dieses „Ich" gab es nie und wird es nie geben, gleich wie es erscheinen mag. Das, was du bist, ist nicht kennbar. Relax. Es gibt hier nix mehr zu tun.

Das *Nichts* hast du nicht verlassen, doch ist es nicht kennbar. Sobald du die Leere oder die Fülle, Shakti, oder sonst etwas erkennst und darin eintauchst, ist es nicht das, was *du bist*. Das heißt nicht, dass du nicht darin baden solltest, wenn es sich dir offenbart. Das ist etwas Wunderschönes, aber es ist etwas, was kommt und geht. Es sind vergängliche Zustände. Kein Problem. Genieße sie, aber halte nicht daran fest. Sommer und Winter wechseln; das ist Leben. Kümmere dich nicht um die Inhalte. Sei in allem, was du bist.

Genau so, wie der Ich-Illusion, geht man quasi einer Erleuchtungs-Illusion auf den Leim und schafft dadurch wieder eine künstliche Trennung.

Ja. Gleich, wie sich die Szene zeigen mag, alles geschieht spontan. Ein permanenter Fluss von Wandlung und Bewegung. Ein einziges Geschehen, ohne Anfang und Ende.

Das bedeutet auch, es gibt überhaupt kein Ende in dem Sinne, dass das ganze Thema abgeschlossen wäre, wenn die Suche wegfällt.

Das Leben ist Suche. Es wird frei und bekommt mehr und mehr den Geschmack von Bedingungslosigkeit, wenn, wie bei dir, der gedachte Sucher, die Ich-Idee wegfällt und ganz in die Zellen übergeht.

Lass es sich leben. Genieße, was kommt, lass gehen, was gehen möchte. Wenn Sehnsucht aufkommt, verweile in der Sehnsucht, ohne an den Bildern oder Gedanken, die auftauchen, hängen zu bleiben. Sei ganz intim mit dem, was ist. Es wird dich in der Tiefe des Urgrunds aufnehmen.

Jetzt fängt es erst richtig an!

Ja, das ist die richtige Einstellung.

Diese ganzen Pseudo-Ich-Strukturen, Überzeugungen, Glaubenssätze, Muster, Konditionierungen, Konzepte etc. bleiben weiterhin in diesem Körper aktiv.

Die werden zur Ruhe kommen und verblassen, aber nicht dann, wenn du es willst. Es wird geschehen, wenn du vorbehaltlos mit dem bist, was ist. Schenke dem „Ich Bin", dem Gefühl der Anwesenheit, einfach mehr

Aufmerksamkeit als dem, was darin erscheint. Sei mit dem, was ist, und komme immer wieder still zu dem Gefühl der Anwesenheit zurück. Lass dich davon anziehen, bezeuge berührbar das Geschehen und greife nicht mehr ein. Greife nicht mehr in das Geschehen des Eingreifens ein, und du löst dich mehr und mehr von den Vorstellungen über dich und die Welt.

Wenn du das Ich Bin vergisst, musst du sein, um es vergessen zu können. Hier ist der entscheidende Punkt, an dem sich viele scheinbare Sucher oder scheinbare Finder quälen, weil der Verstand immer wieder abweicht und dann die Idee von „ich kriege es nicht hin" auftaucht, eine Idee von Zweifel, Schuld oder Mangel erscheint, die man sich dann schnell überzieht und persönlich nimmt. Das ist diese „Erleuchtungsfalle", von der du anfangs gesprochen hast – *du bist* immer *davor*, vor dem Körper-Geist-Organismus, vor dem Raum von Anwesenheit, vor dem durchdringenden Gewahrsein. Aber nicht als „etwas", *Du bist* nicht.

Es gibt nichts zu verlieren und nichts zu gewinnen.

DAS ist es, immer, auch wenn es nicht erfasst wird, das ist das Schöne. Für das, was du bist, gibt es weder etwas zu gewinnen noch zu verlieren. Tue einfach dein Bestes und lass alles, was geschieht, als „Gottes Willen" da sein.

Weder gibt es ein Ich, noch gibt es Erleuchtung, Erwachen.

Das sind alles Ideen in dir.

Das, was beim Erwachen, wenn sich Bewusstsein selbst erkennt, geschieht, ist das „Sehen" des nicht wirklich existierenden Ichs und das Erkennen der Leere des reinen Seins. Es gibt nur Wachsein, und das sind wir alle.

Absolute Wachheit ist immer das, was sie ist und braucht nicht dein Wachsein. Du bist DAS unbedingt. Das, was ist, ist der Ausdruck der totalen Erleuchtung, so, wie sie sich im Moment zeigen möchte. Das gehört niemandem, das ist frei. Mit „Ich" hat das nix zu tun. Du bist nichts Gegebenes. *Reines Sein* kennt sich nicht, hoffnungslos!!! Wie könnte sich das Auge selbst sehen? Weil du das „Richtige" sehen kannst, kann es nicht das sein, was *du bist*. Bewusstsein erkennt sich. Du bist unbedingt vor Bewusstsein und Unbewusstheit, undefinierbar das, was *du bist*.

Es gibt nur Wachsein.

JA. Sei das, was die totale Wachheit ist. Bewusstsein, Gewahrsein, ist die verführerischste Bindung im Traum. Du bist, was *du bist*, ob erwacht oder in totaler Unbewusstheit. All diese Erleuchtungsideen sind tiefstes Maya.

Doch scheint es so, dass ich mich seit einiger Zeit schon in einer Art „Übergangsstadium" aufgrund dieser „künstlichen Trennung" befinde.

Diese „künstliche Trennung" findet in dem statt, was nicht-getrennt ist. Du bist in keinem Stadium. Du hast dein Zuhause niemals verlassen. Du bist die Quelle, vor allem Sein und Nicht-Sein. Wenn es ein „Übergangsstadium" für dich geben sollte, verweile im stillen Bezeugen von dem, was geschieht. Dort ist es immer still und der ganze Film inklusive Ich, Erwachen, Wachsein und Tiefschlaf wickelt sich ab. Lass alles, was du sehen kannst, hinter dir, du wirst einfach still erlöschen und genießen.

Du sagst: „Das NICHTS hast du nicht verlassen, es ist auch nicht kennbar". Was meinst du damit präzise, „das NICHTS ist nicht kennbar"?

Du bist nichts, nie gewesen als Etwas; das ist das, was *du bist*. Da gibt es kein Hinkommen, weil du es bist. *Unbe-ding-theit* drückt sich durch alle Dinge aus und kann nur in Erscheinung erkannt werden. Deine wahre Natur ist frei, *sei das*.

Ich sage immer wieder, du bist unbedingt, das heißt, du bist kein Ding. Nichts, rein gar nichts, *du bist* frei, und jede Befreiung, die dir widerfährt, führt dich nur an der Nase herum.

Es geschieht sehr oft, dass ich so versunken bin, dass sich alles auflöst und verschwindet. Kein Ich, kein Körper, keine Welt. Nicht mal Wahrnehmung. Dann ist einfach nichts mehr da.

Die phänomenale Abwesenheit lässt dich frei sein von allen Objekten und Objektivierungen und als absolute Anwesenheit kommst du wieder zurück ins Leben, absolut, nicht relativ. Sei DAS, was *du bist,* gleich, ob die Welt anwesend oder abwesend ist.

Erst wenn das Ich wieder erscheint, ist auch alles andere da.

Überprüfe das genau für dich. Zuerst kommt Wahrnehmung und Raum über *dich,* und dann erst, wenn der Verstand mehr in Bewegung kommt, baut sich die Ich-Idee als Vorstellung in dir auf und kreiert eine Welt.

So ähnlich war es bei diesem Erwachens-Erlebnis. Als würde ein Schalter umgelegt, eine Verschiebung, und da war niemand mehr, alles weg, von jetzt auf jetzt. Kein Ich, keine Person, keine Welt, kein anderes, einfach nichts. Im Nachhinein versucht der Verstand das zu benennen, was aber nicht möglich ist. Da war nur ein AHA, kurzes Staunen, Lächeln. Und das wars. Im Nachhinein kam dann die totale Ernüchterung und der Verstand mischte sich ein: Das soll alles sein ... nö, so nicht! Er hat etwas anderes erwartet, aber nicht das. Was danach alles erlebt wurde und noch wird, sind einfach nur gigantische Zustände. Die Wochen danach waren einfach nur pure Glückseligkeit! Doch das sind alles Zustände, die der Quelle entspringen. Das habe ich anfangs verwechselt. Veränderungen, die danach stattgefunden haben, z.B. bestimmte Eigenschaften und Merkmale wie Zielstrebigkeit, Disziplin, Zwang, Druck ..., sind verschwunden. Ich glaube, wenn ich meine Arbeit nicht mehr hätte, würde ich mich einfach nur in dieser Zeitlosigkeit treiben lassen. Warum das so ist, weiß ich nicht.

Das Erwachenserlebnis ist sehr schön und klar geschildert, danke. Das Wegfallen aller äußeren Ziele und Ideen ist nach meiner Erfahrung so normal, weil du dich nach langer „Zeit" das erste Mal wieder in der Tiefe selbst total berührt hast und das Bedürfnis da ist, mehr und mehr in dich einzutauchen, in dir zu versinken. Aus welchem „Grund" hat wohl Ramana Maharshi nach dem einen Erkennen über Jahre in der Höhle gesessen, Nisargadatta Maharaj hat über 40 Jahre täglich Satsang gegeben und im „Ich Bin" verweilt, weil sich das Selbst in dem Körper, den man als Ramana oder Nisargadatta kannte, selbst erkannt hat und nun „alles Falsche" zurückließ, um die Unbedingtheit ganz hereinzulassen, absolute Anwesenheit zu sein. Einfach, um wieder die totale Berührung mit sich zu erleben und zu genießen, und damit alles zur Ruhe kommen konnte und jede subtile Ich-Idee im HERZ verschwand.

Da ist ein totales Gelebtwerden. Letztlich alles nur Worte, die niemals wirklich treffend sind und doch ist alles, was ist, ein Volltreffer, weil nur DAS ist. Es ist absolut frei – du bist DAS.

Da ist einfach nur Leben

Du bist der Meister, sag doch was dazu?

Meister, das ist eine schöne, begrenzte Idee, ein tolles Objekt. Da ist niemand, nirgendwo, nur die nackte Berührung mit dem IST. Da ist einfach nur LEBEN, das sich lebt. Kein näher dran, kein weiter weg. Nichts, was sich durch alles manifestiert, da manifestiert sich nichts. Und in allem ist es das, was es IST.

MENSCH – tu nicht so, als wärst du etwas, was du nicht bist, und weigere dich nicht, das zu sein, was *du bist*! Du bist frei, genau so, wie du bist.

In dieser totalen Einfachheit, die keine Realisation braucht, da es die Realisation ist, verblasst alle Unterscheidung und jede Idee von Ankommen und Werden. Kein Meister, kein Schüler und keine Welt. Nur die direkte unmittelbare Erfahrung, getragen von dieser Grundlosigkeit, dieser Schönheit, so, wie sie sich zeigt.

Das Leben ist das größte Wunder

Ein Mönch auf einer Pilgerreise traf Lin Chi und erzählte überschwänglich von seinem Meister: „Mein Meister verfügt über große Fähigkeiten, man sagt, er könne die verschiedensten Wunder vollbringen. Wie sieht es mit deinem Meister aus?" Lin Chi entgegnete entspannt: „Wenn er hungrig ist, isst er, wenn er müde ist, geht er zu Bett, wenn er sitzt, sitzt er." Der Mönch sagte: „Was erzählst du da? Das nennst du Fähigkeiten? Das macht doch jeder!" Lin Chi antwortete: „Wer macht das? Wenn du müde bist, beschäftigst du dich mit hunderttausend verschiedenen Dingen. Meist willst du noch wach sein, hast Ideen über Stille, das Bewusstsein, dich, und während du isst, denkst du ebenfalls an hunderttausend verschiedene andere Dinge, statt einfach das Essen zu essen. Und wenn du sitzt, willst du mit deinem Sitzen zum nächsten Satori und hältst dich damit für besonders. Es ist einfach nur dumm, diese Lügen des spirituellen, konditionierten Verstandes zu glauben. Nur dumme oder zu schlaue, also sehr dumme Menschen, glauben das. Wofür soll das gut sein?"Als der Mönch wieder bei seinem Meister ankam, erzählte er etwas belustigt von dem Treffen mit Lin Chi und von dem, was dieser über seinen Meister berichtet hatte. Sein Meister hörte mit offenen Ohren zu und fragte dann: „Wo kann ich diesen Meister treffen, er soll mich lehren."

Das Leben selbst ist schon das größte Wunder und von vollkommen erfüllender Schönheit. Wenn dir das WESENTLICHE wirklich wichtig ist, musst du ganz mit deiner Suche verschmelzen und den hinter dir lassen, der mit irgendwas verschmelzen könnte. Nur ein Koan ist wichtig: DU!

KEIN-WORT

Kein Wort kann es treffen
Auch wenn es kein Wort verfehlt
Lass Wissen im Nicht-Wissen vergehen
Lass Worte in Kein-Wort vergehen
Bis alles Wissen Nicht-Wissen ist
Und jedes Wort Kein-Wort ist

Erleuchtung

Milarepa hatte lange praktiziert und überall nach dem gesucht, was man Erwachen oder Erleuchtung nennt, aber nirgends eine wirklich eindeutige Antwort und innere Klarheit gefunden, bis er eines Tages einen alten Mann langsam einen Bergpfad herabsteigen sah, der einen schweren Sack auf der Schulter trug. Milarepa wusste augenblicklich, dass dieser alte Mann das offene Geheimnis kannte, nachdem er so viele Jahre verzweifelt gesucht hatte. Er sprach ihn an: „Verehrter Herr, sage mir bitte, was ist Erleuchtung?" Der alte Mann sah ihn lächelnd an, dann ließ er seine schwere Last von der Schulter gleiten, richtete sich auf und wendetet sich ab. „Ja, ich sehe! Meinen Dank! Aber bitte erlaube mir noch eine Frage, „Was kommt nach der Erleuchtung?" Abermals lächelte der alte Mann, bückte sich und hob seinen Sack wieder auf. Legte ihn sich wieder auf die Schulter, rückte die Last zurecht, verneigte sich sanft vor Milarepa und ging seines Weges. In dem Moment erkannte Milarepa die Offensichtlichkeit der vollständigen Realisation in dem, was ist.

Erleuchtung ist das Einzige, was ist

Jedes „Mehr-werden" macht dich nicht mehr, und jedes „Weniger-werden" macht dich nicht weniger, da du in allem das bist, was du bist, unbedingt und wunderschön. Liebe, die sich durch alles offenbart und sich als das, was sie ist, nie kennen kann. Sich scheinbar aus diesem Grund, mit dem Zauber zu sein und der Manifestation beschenkt, in der alles, was ist, der totale Ausdruck der Erleuchtung ist, der totale Ausdruck des absoluten Bewusstseins. Unbedingtheit zeigt sich durch die Dinghaftigkeit all dessen, was ist.

Es gibt keinen Erleuchteten oder Unerleuchteten. Erleuchtung ist das Einzige, was ist. Dies zu sehen macht frei von all den Ideen und Vorstellungen, wie es sein sollte. Dies zu sehen macht frei von den Ideen und Vorstellungen, wie du sein solltest, da es kein „du" und kein „ich" als autonome Wesenheit gibt. Da ist einzig ein Gelebtwerden, DAS, was Freiheit ist.

Es ist ein Verliebtsein in deine eigene Existenz, in das Leben, was sich lebt. Dieses intuitive Erfassen öffnet den Raum, dich der Schwingung des Lebens ganz hinzugeben, in das „grenzenlose Herz" und die „ewige Stille" einzutauchen. Den Tanz zu genießen, in der totalen Bewegung mit dem, was ist, und darin das zu sein, was *du bist*.

Der letzte Halt

Gewöhnliche Menschen blicken auf die Objekte in ihrer Umgebung,
während Schüler des Weges auf das Bewusstsein blicken.
Der wahre Dharma aber ist, dass man beides vergisst.
(Huang-Po)

Die Klarheit und das Wissen werden immer bedroht von der Liebe und dem Mitgefühl. Die Liebe und das Mitgefühl werden bedroht von der Klarheit und der Weisheit. Wenn beides zusammen kommt, bleibt nichts mehr. Der Eispalast der Weisheit wird im Feuer der Liebe und der Hingabe geschmolzen. Das Schwert der Weisheit durchschneidet jede Idee von Liebe, bis nur noch das ist, was LIEBE ist. Bis nur noch das bleibt, was totales WISSEN ist. In diesem scheinbaren Prozess verschwindet das

Halten an Wissen und Weisheit wie das Halten an Hingabe und Liebe. Freiheit ist offenbar.

Das, was HERZ ist, ist immer offen und in allem unbedingt *das*, was es *ist*. Dir fehlt absolut nichts, da alles in dir erscheint und du vor jedem Brauchen, Suchen und Finden das bist, was *du bist*.

Ist deine Natur wirklich erkannt, führt dich das in das Nicht-Kennbare und stößt dich in der unmittelbaren Erfahrung immer wieder darauf. Selbsterkenntnis überwindet sich, macht Schluss mit sich selbst, und ergibt sich dem (Nicht-)Wissen und der Hingabe des Lebens, so, wie es ist. Da ist einfach Liebe, die letztlich keine Liebe braucht, um das zu sein, was LIEBE ist.

Das Leben ist ein grundloser Tanz von Moment zu Moment.
Der Bewegung zu vertrauen, ohne einen Gedanken an den Prozess, beschenkt dich mit der Süße der Grundlosigkeit
und lässt dich in die Quelle zurücksinken.

Die Quelle

Wie könnte ich sehen, was nicht zu sehen ist. *Ich bin es*, der sieht. Sehen, aus einer Grundlosigkeit heraus. Leben aus einer totalen Grundlosigkeit, Freude an sich. Da ist dieses zweifelsfreie Erkennen, dass „du" und „ich" als autonom Handelnde nie vorhanden sind. Es ist ein totales „Gespieltwerden".

Im Finden wird nichts gefunden, denn im Verlieren wurde nichts verloren. Das ist der Frieden deiner Selbst, der permanent ist. Totale Stille, die sich durch die Bewegung dessen, was ist, erfährt. Reines Wirken, unkontrollierbar, ohne Anfang, ohne Ende.

Da ist Liebe, unberührter Frieden, Leichtigkeit. Ein freudiges Lächeln im Berührtsein mit dem, was ist. Absolute Gnade, die sich durch alles erfährt, was ist und doch in keiner Weise kennbar. In der Nicht-Kenntnis erwachst du zu dir, was du in deiner Natur unbedingt bist. Jedes Wort ist falsch, alles ist falsch.

Wenn die Suche zerbrochen ist, ist DAS das Einzige, was bleibt, und sich durch alles „zeigt", was ist.

Objektivierst du etwas wie *die Quelle*, schafft der Verstand ein Objekt, wo keines ist.

Freiheit offenbart sich im Erlöschen der Idee von dir, im Erlöschen der Idee eines Ausgangs oder Ankommens. Du bist frei, so, wie *du bist*. Da ist einfach nur LEBEN, was sich lebt. Dies zu erfassen, lässt dich eintauchen in den natürlichen Zustand, in den Genuss der unbedingten Schönheit, die *du bist*.

Seltene Jade schleift man nicht

Huang-Po fragte Pai-Chang: „Was ist die Lehre der alten Meister?" Pai-Chang verharrte im Schweigen.

„Was soll nun den kommenden Generationen überliefert werden?" „Ich dachte, Ihr seid ein Meister von großem Kaliber", entgegnete Pai-Chang mit ironischem Lächeln. „Die Buddhaschaft anzustreben, die Erleuchtung zu suchen, irgendwas zu suchen, heißt die Wurzel für die Äste zu verlassen. Alle Dinge sind vollkommen, nichts fehlt. Lebt spontan! Warum im Außen suchen?"

„Aber die Suchenden benötigen Antworten, um zur Ruhe zu kommen." „Ihr wollt Antworten? Hier sind welche: Schmeckt die Süße des weglosen Weges, genießt die Freuden des LEBENS und streift dabei nur in der einen WIRKLICHKEIT umher!
Man muss die Leidenschaften gewiss nicht abschneiden. Seid einfach spontan, in jedem Atemzug, in jeder Handlung – und die Absichtslosigkeit

des TAO wird die Kraft sein, die Euch trägt. Zu versuchen, Objekte abzuschaffen, bildet einen Eingriff zwischen Geist und Objekt. Der Geist ist Auslöschung, das Objekt Beruhigung. Unwissende sind diejenigen, die in Meditation sitzend an nichts denken und sich für großartig halten.

Geschickte Arbeit ruiniert die ungeschliffene Jade. In der Natürlichkeit und der Spontaneität dessen, was IST, ist die ganze Schönheit des TAO offenbar.

Die Tatsache, dass Ihr über die Erkenntnisse eines anderen nachdenkt und Unklarheit und Unvollkommenheit darin seht, erweckt den Anschein einer Ahnung in Euch und nicht im anderen. Warum über die Sichtweise von anderen nachdenken? Eliminiert Eure eigene Sichtweise.

Ihr habt keinen Grund, den Geist abzulegen. Noch weniger, ihn zu zwingen, sich zu beruhigen. Darin besteht die Beruhigung. Solange man sich an die Existenz des Geistes hängt, existiert dieser sogar ohne Überlegung. Aber wenn man erkennt, was Befreiung des Geistes ist, besteht Befreiung sogar dann, wenn Überlegungen auftauchen. Davon zu reden, als ob man in der Einheit ruht oder wieder rausgefallen ist, heißt noch immer in gedanklichen Gebäuden zu leben.

Körper und Geist befinden sich immer im natürlichen Zustand. Da ist nur ein Gelebtwerden. Wenn man frei ist, ist Freiheit nicht durch irgendeine Art von Erfahrung zu bedingen. Ihr seid es, unbedingt.

Ihr braucht nichts, der natürliche Zustand ist immer gegeben, entspannt Euch. So, wie es ist, ist es gut.

Der Zustand des Wissens ist Nicht-Wissen. Nicht-Wissen ist Eure ursprüngliche Natur, durch die spontan die Essenz aller Dinge erkannt wird. Es gibt nichts, wo das Absolute nicht ist. Alles geschieht in der absoluten Wirklichkeit dessen, was IST. Sich immer wieder frisch und spontan erfassen zu lassen, das ist der Weg."

Einfach sitzen

Einfach sitzen, gleich, wie die Erfahrung ist, gleich, ob Erfahrung anwesend oder abwesend ist, ist das, was *ich bin*, ist, was es ist, gleich, was ist.

Einfach sitzen ist immer wieder die Einladung zu sehen, was ist und von der Schönheit zu schmecken, die sich durch alles Erfahrbare in ihrer Nacktheit offenbart, so, wie es ist. Danke, dass DAS ist.

Das Ende der Suche

Das Ende der Suche scheint gefährlich, deshalb greifen die wenigsten wirklich zu.

Denn mit dem Ende der Suche verschwindet der Sucher und es taucht all das auf, was du einst mit der Suche haben und loswerden wolltest. Und dies ist letztlich das schönste Geschenk, schöner als du es dir je vorstellen kannst. Du siehst das, was ist, so, wie es ist, ohne Wenn und Aber.

Es ist ein totaler Tanz in Stille und wie auch im Lärm.
Ein Tanz mit der Zartheit und der Härte.
Es ist ein Tanz in Angst und wie in innerer Ermächtigung.
Ein Tanz mit dem Mut und der Traurigkeit.
Ein Tanz in der Kraft der Würde und in der totalen Hilflosigkeit.
Ein Tanz in Wut und in Liebe.
Ein Tanz in der nackten Berührung mit dem, was IST.
Ein Tanz mit den Engeln und den Dämonen.
Ein Tanz im Widerstand und der Süße der totalen Hingabe.
Ein Tanz in Einheit und Getrenntsein, in berührbarer Nähe mit dem, was ist.
Ein Tanz mit dem, was ist, ohne Wenn und Aber.
Es schließt nichts aus, ist in allem das, was es IST.
In einer sanften Berührung mit dem GANZEN.

Das Ende der Suche scheint gefährlich, deshalb greifen die wenigsten wirklich zu. Denn es gibt kein Ende, das ist das Ende. Ende!

Lass es sich leben!

Es ist nicht von Bedeutung, ob du besondere Erfahrungen oder Erkenntnisse hast, die müssen wieder für die unmittelbare und lebendige Erfahrung zurückgelassen werden. Alles, an dem gehalten wird, ist bald erstarrt und tot. Erwachen ist immer frisch, es ist die Bewegung des Lebens selbst.

Genauso wenig ist es von Bedeutung, ob du auf das „Ich Bin" gerichtet bist, du still bist oder lebendig und kraftvoll erscheinst. Da ausnahmslos alles in totaler Stille und der Lebendigkeit des Lebens geschieht. Wesentlich ist, ob du in allem bist, was *du bist*. Das lässt dich frei sein.

Geh dem nach, was die Leidenschaft in dir entfacht, tue das, was du liebst, dir am Herzen liegt und deinen Möglichkeiten entspricht. Das ist, was dich satt und zufrieden sein lässt.

Oftmals sind es diese „heiligen Bilder", die uns gefangen halten. Die größten Hindernisse, das zu sein, was du bist, sind allzu oft die erlösenden Vorstellungen und Versprechen. Doch das, was *du bist,* ist immer schon absolut frei. Das Leben ist in Bewegung. Du kannst *es* nicht festhalten, nicht kontrollieren, nicht wissen und nicht werden. Du kannst es nur *Sein*, so, wie *du bist*.

Bewusstsein erlebt sich als Mensch, berührbar und verletzlich. Darin liegt eine unbändige Kraft und Schönheit verborgen. Paradoxerweise ist es das torlose Tor, wenn du Frieden, Liebe, Einheit, deine ursprüngliche Natur und Wahrheit suchst. Du findest es dort, wo du Trennung berührbar erlebst, genau in dem, was du versuchst rauszuhalten. Du musst es nicht suchen, nicht werden. Sei, was *du bist* und es offenbart sich einfach Hier. Das ist ES.

Wesentlich ist, das sich das „*Wissen*" lebt. Wahrheit, Erkenntnis und Stille sind nur frisch und lebendig, wenn wir Türen und Fenster offen lassen, damit uns das Leben so, wie es jetzt ist, berühren kann und wir damit im Tanz sind. Dazu kann ich dich nur einladen, die Schönheit des Lebens und das, was LEBEN ist in allem zu genießen.

Mein wichtigster Lehrmeister war meine Leidenschaft und die Sehnsucht, meine wahre Natur wiederzufinden und aus ihr zu leben. Die wichtigsten Lektionen geschahen in der unausweichlichen Berührung mit der direkten Erfahrung – sie waren es, die mir letztlich das offenbart haben, was LEBEN in seiner Natur ist.

Zu erkennen war ein Quantensprung, ein Paradigmenwechsel, eine Umwenden zu DEM hier. Wahrhaft zu erkennen und aus dieser Kraft zu leben, ist jenseits der Worte, Konzepte und Theorien und trägt dich berührbar mitten durchs Leben.

Leidenschaftlich aus deiner wahren Natur zu leben, befreit von allen Theorien. Du bist, was *du bist*, und DIES lebt dich. Zu erkennen, wer du bist, ist nicht das Ende, sondern der Beginn. Der erste Schritt, du Selbst zu sein und im Ganzen aufzugehen.

Immer wieder ist es mir aus tiefstem Herzen ein Anliegen, meine Natur, die auch du bist, offen zu zeigen, in direkten Worten zu sprechen, berührbar zu sehen, damit auch du dich erkennst, auch du erfasst wirst von dieser Leidenschaft, der Schönheit und dem Feuer selbsterfüllender Sehnsucht, so dass auch dein Geist, dein Herz und dein Körper in dieser Flamme des Ursprungs von Bewusstsein aufgehen.

Dies ist die Einladung, aus der Ursprünglichkeit absolut zu leben.

Suchender der Wahrheit, ungeduldiger, wilder, furchtloser, schöner Mensch, Atem des Absoluten, der du sehnsüchtig brennst und die Leidenschaft hast, mit dem Leben zu tanzen und von dieser grenzenlosen Liebe immer wieder zu schmecken.
Sei, was du bist! Lebe total! Es ist frei.

Über den Autor

Ich bin nicht dieses Bild dort. Ich bin gar kein Bild, nichts was man kennen könnte. Wenn wir uns begegnen, wirst du viele Gesichter finden, vielleicht jedes Mal ein anderes. Den ruhigen, sanften, einfachen Menschen oder den stillen Exzentriker. Einmal wirst du von der Sanftheit der Hingabe berührt, von einem Sein in Mitgefühl, in dem Heilung geschehen kann. Ein andermal bin ich das scharfe Schwert der Enttäuschung und Klarheit. Du begegnest deinem Dämon, der dich in deine ureigene Hölle mitnimmt, ein wütender Sturm, der für die Wahrheit alles wegfegt, um wieder in Leichtigkeit berührbar zärtlich mit dem Ganzen in diesem totalen Tanz zu sein.

Doch bin ich weder die Person, der du begegnen kannst, noch bin ich eines dieser Bilder, Geschichten und Gesichter, die sich zeigen. Wie Wolken am Himmel tauchen viele Bilder haltlos auf, die diesem absoluten Gespieltwerden Form und Farbe verleihen.

Schau, wer du bist. Verliert sich das Suchen im Nicht-Finden und in der Nicht-Kenntnis deiner Selbst, weißt du auch, wer ich bin. Ich bin das, worin die Vorstellung über „dich" und „mich" auftaucht. Ich bin das Ende der Suche, der grundlose Grund von allem und nichts, ich bin DAS, was *du bist.*

Hast du aufrichtiges Interesse an dem, was *du bist,* magst Satsang, Meditation und Talks in deiner Stadt organisieren, melde dich: http://ronnyhiess.de

Du bist herzlich willkommen.

Glossar

Advaita: Nicht-Zwei
Advaita Vedanta: das Ende der Veden, der Heiligen Schriften des Hinduismus; das Ende des Wissens
Anuttara: das Höchste; Anuttara-Tantra Yoga, das Höchste nichtduale Tantra Yoga aus dem tibetischen Buddhismus
Ayurveda: Wissen um das Leben; Bezeichnung für die traditionelle indische Heilweise
Bliss: Glückseligkeit, Leichtigkeit, ein Gefühl von Gnade
Crazy Wisdom: Vermittlung der Wahrheit durch einen realisierten Lehrer, der nicht an spirituellen Normen klebt, sondern auch provoziert, um dem Suchenden aus eingefahrenen Strukturen zu holen
Dharma: die kosmische Ordnung
Guru: spiritueller Lehrer; als „Sadguru" der Lehrer, durch den sich das letzte Wissen, das Wahre Wesen im Inneren, das allem zugrundeliegende Lebensprinzip offenbart.
Hatha-Yoga: der im Westen bekannteste Yoga-Pfad, der überwiegend aus Körper- und Entspannungsübungen besteht
Jivan: Seele
Kailash: heiliger Berg, der Wohnsitz Shivas
Karuna: Mitgefühl
Khatvangha: Dreizack im tibetischen Buddhismus
Koan: paradoxes Rätsel im Zen, um den trennenden Verstand zu knacken und von der Essenz der Nichtzweiheit erfasst zu werden.
Kundalini: die stärkste kosmische Kraft, die im Körper vorhanden ist
Lingam: Symbol männlicher Schöpferkraft, Symbol Shivas
Mahashakti: die allumfassende Urenergie
Maithuna – rituelle sexuelle Vereinigung im Tantra
Mantra, (Mz.) Mantren: kurze Wortfolgen, Laute, oder ein Name Gottes, der in Gebet oder Meditation still wiederholt oder gesungen wird
Matrix: Die Grundmasse, das Ursprungsgewebe, das Grundmuster

Nisarga Yoga: der natürliche, spontane Yoga. Eine Einladung, direkt in deine ursprüngliche Natur einzutauchen und dich als die eine Quelle wiederzuerkennen.
Noumenal: die Quelle der Wahrnehmung, selbst nicht wahrnehmbar
Parashiva: das, was noch größer als und vor Shiva selbst ist
Phänomenal: all das, was erscheint und wahrnehmbar ist
Retreat: längerer Rückzug, oft in Stille; spirituelles Treffen, um „die Praxis" tiefer zu verinnerlichen
Sadhana: Spirituelle Praxis
Samadhi: tiefste Meditation, die sich in die Klarheit und Leichtigkeit des „Sahaja Samadhi" wandeln kann, in den natürlichen Zustand
Satsang: Zusammensein mit „einem Selbstrealisierten"; Einladung zum Gespräch der Selbsterforschung
Setting: das Treffen, das Geschehen, die äußeren Umstände
Shiva: das männliche Prinzip, Gott des Tanzes und der Meditation, Gott der Zerstörung und der Erneuerung; Gott der Gnade
Shakti: das weibliche Prinzip, die Energie
Talks: Gespräche
Tantra: Gewebe, Kontinuum; der gelebte Erkenntnisweg, dass das Relativ total im Absoluten verwoben ist
Tao: der Weg, die Essenz
Taoismus: Lebensphilosophie in Übereinstimmung mit dem Tao
Teaching: Vermittlung der Lehren
Varanasi: Stadt in Indien im Bundesstaat Utthar Pradesh, auch als Benares oder Kashi bekannt
Varayana: das Diamantfahrzeug; der Diamantweg des tibetischen esoterischen Buddhismus
Yoga: spiritueller Pfad, der es ermöglicht, dass sich das individuelle Bewusstsein mit dem universellen Bewusstsein verbindet
Yogi: ein Yoga-Praktizierender
Zen: nüchterne und direkte Vermittlung des Buddhismus in Japan, in China „Chan". Diese Strömung wurde durch den Taoismus beeinflusst und bleibt sehr an der Essenz der Non-Dualität.

Quellenangaben

Sri Nisargadatta Maharaj:
Alle Zitate aus „*ICH BIN*", Band 1 bis 3, Kamphausen Verlag

Ramesh S. Balsekar:
„Wie benutzt Gott die Quelle ..."
Aus „*Schuld und Sühne – Der IrrSinn des Verstandes*", Lüchow Verlag

Chang Tzu:
„Der natürliche Fluss des Tao"
Zitiert von Ramesh S. Balsekar in „*Erleuchtende Gespräche*", Lüchow Verlag